SE EU FOSSE CHÃO

NUNO CAMARNEIRO

SE EU FOSSE CHÃO
HISTÓRIAS DO PALACE HOTEL

Copyright © 2016, Nuno Camarneiro e Publicações Dom Quixote
Todos os direitos reservados e protegidos pela Lei 9.610, de 19.2.1998.
É proibida a reprodução total ou parcial sem a expressa anuência da editora.

Este livro foi revisado segundo o Novo Acordo Ortográfico da Língua Portuguesa.

Preparação de texto: Elisa Nogueira
Projeto gráfico: Leandro Dittz
Diagramação: Filigrana
Capa: Neusa Dias
Imagem de capa: "Night in the City", © Jack Vettriano

Dados Internacionais de Catalogação na Publicação (CIP)
Angélica Ilacqua CRB-8/7057

Camarneiro, Nuno
 Se eu fosse chão: histórias do Palace Hotel / Nuno Camarneiro. –
São Paulo : LeYa, 2016.
 128 p.

ISBN: 978-85-441-0394-4

Tradução de: Se eu fosse chão

16-0349

Índices para catálogo sistemático:
1. Literatura Portuguesa

Todos os direitos reservados à
LEYA EDITORA LTDA.
Av. Angélica, 2318 – 13º andar
01228-200 – São Paulo – SP
www.leya.com.br

Para a Edite, que soube esperar

1928

Miguel, recepcionista

Alguns logo pela manhã cedo, quase sempre os mais velhos ou famílias com crianças. Preenchem a ficha com vagar e vão fazendo perguntas. Depois sobem aos quartos e demoram-se em vistorias, sobretudo os alemães e os ingleses que chegam ao ponto de compilar uma lista com tudo o que não está conforme: a bacia lascada, o soalho gasto junto à porta, o espelho baço, a cama que range, a porta do armário ligeiramente empenada, os toalhões de banho puídos, o papel de parede descolado no canto. Alguns pedem que lhes seja reduzida a diária, nós dizemos que vamos consultar o patrão, mas não o fazemos. Os hóspedes esquecem em poucos dias e a vida prossegue no hotel.

Os madrugadores apaziguam-se com o almoço, tomam um café e um *brandy* no *foyer* e vão fumando e espreitando por cima do jornal quem vai entrando.

Durante a tarde chegam os recém-casados, os viúvos, algumas famílias ricas do norte, os políticos e diplomatas. São de outra estirpe, rapidamente depositam a bagagem no quarto, tomam ou não um duche e descem para um refresco ou um passeio pelos jardins.

Os homens vão-se entendendo por olhares, oferecem cigarros, trocam convites para o *bridge* e comentam a política e o desporto. As senhoras travam amizades por intermédio dos filhos que brincam juntos, da renda de muitas horas e da maledicência cúmplice, excitada por algum chapéu extravagante ou uma saia demasiado curta.

Os equilíbrios são estabelecidos ainda antes do jantar, reconhecem-se as filiações políticas e as afinidades de classe. Alguns grupos restritos permanecem à margem – os franceses, os andaluzes, os *businessmen,* os militares e as senhoras sem companhia (mulheres que aguardam os maridos, viúvas e doentes crônicas). Ao segundo dia, já os hóspedes se dirigem cegos para as mesmas mesas, cumprimentam-se pelo nome e dão início aos gracejos que hão de manter durante toda a estadia. É também por essa altura que surgem as alcunhas e os *petit noms.*

Durante a noite chegam os que não querem ser vistos, e deles as melhores gorjetas. Vêm sempre escondidos pelas golas levantadas, os chapéus enterrados até às orelhas ou os lenços abrato e não fazem perguntas.

de vir. Em dois anos foram poucos os que chegaram depois dessa hora, mas houve alguns.

QUARTO 101

Professor Unrat e *Fräulein* Rosa Fröhlich

Fuma caminhando em círculos pelo quarto, para de vez em quando, olha para a mulher que dorme, volta a caminhar e a fumar até o morrão lhe queimar os dedos desatentos. Acende outro cigarro, volta a olhar para a mulher, volta a caminhar.

A pulseira de pérolas brilha no pulso fino, brilha apesar da hora crepuscular. Gastou as suas últimas economias nesta viagem absurda a Portugal, só porque um conhecido ator de *music--hall* proclamou maravilhas nas páginas de um jornal: "O clima, o *glamour*, uma atmosfera romântica que só o sul da Europa soube preservar."

A pulseira de pérolas autênticas (dessas que brilham mesmo no escuro) custar-lhe-ia pelo menos tanto quanto a viagem, talvez mais ainda. E estaca, lança o cigarro pela janela, acende outro, senta-se numa cadeira.

Os pés nus da mulher, as pernas brancas até à fímbria do vestido, um ligeiríssimo tremor provocado pelo ar fresco ou por um sonho que ele nunca irá conhecer.

Discutiram, ele discutiu, ela limitou-se a rir e a fazer-lhe festas na barba, o tom de troça enquanto lhe soprava nomes carinhosos em francês, a mão a afagar-lhe o peito e a raiva contida, desviada com o sangue para outras paragens.

As longas unhas pintadas de um vermelho escuro, feitas para agarrar um homem e para o queimar. Os dedos esguios e a maldita pulseira em brilhos excessivos.

No salão de jantar e durante os jogos de cartas, o olhar à procura de outros homens: o embaixador baixote e libidinoso, o napolitano do laço, o espanhol de bafo pestilento, o *maître* dos olhos de cordeiro, o cantor mulato, o velho da cadeira de rodas. E em sonhos talvez os homens todos, juntos numa cooperativa para o humilhar, rindo do colar de vidros que ela não usa com o pretexto de não combinar com a *toilette*, rindo do professor caído em desgraça, com o seu ar de intelectual emasculado.

Um gole de *brandy*, vontade de a acordar com um berro ou sacudir-lhe o corpo magro, um pescoço tão frágil que duas mãos... Mais um gole de *brandy*.

Um professor respeitado, com artigos publicados nas principais revistas, uma comenda das mãos do chanceler e assento na Academia. E, afinal, um simples idiota, um fraco por baixo de tudo. Nenhuma cabeça vai por onde o corpo não caminha.

É tarde e acabou-se o *brandy*. O joelho estremece mais uma vez, a pulseira brilha ainda.

QUARTO 102

Professor António de Oliveira

Uma carta aberta em cima da secretária, o sobrescrito com as armas de Portugal, um pedido, uma súplica.

António ronda o quarto, coça a nuca, vira os olhos ao tecto, reflete e empilha palavras: *Agradeço a V. Exa. o convite que me fez para sobraçar a pasta das Finanças...* "'Sobraçar' é bom", pensa, como coisa que se transporta a pedido de alguém, um amigo sobrecarregado, um homem a quem faltam mãos ou gente de confiança.

Um fim de semana para respirar longe da universidade e preparar uma vida diferente. Vê-se ao espelho, endireita as costas, depois curva-as um pouco, um olhar altivo e outro mais modesto, os dedos entrelaçados ou as mãos ao lado do corpo? Talvez uma pousada sobre a outra. Que há de um governante fazer às mãos?

Não tem que agradecer-me ter aceitado o encargo, porque representa para mim tão grande sacrifício que por favor ou amabilidade o não faria a ninguém. António sorri. A voz lenta ou mais decidida? Uma pausa, talvez duas? Deverá separar o favor da amabilidade? *O não faria... a ninguém.* Isso, teatral, mas com algum impacto.

Ao espelho consegue avistar um homem mais velho, de olheiras marcadas e o cabelo mais ralo, o peso de uma nação inteira sobre os ombros… O brilho levado dos olhos, gasto em decretos, relatórios e ofícios. Orgulho ou soberba? Sacrifício ou posse?

Não tomaria, apesar de tudo, sobre mim esta pesada tarefa, se não tivesse a certeza de que ao menos poderia ser útil a minha ação. É isso, António? Quantas certezas? Quanta fé? Olha bem para dentro e diz-me antes que seja tarde – acreditas?

Sei muito bem o que quero e para onde vou. Não, ainda não, mas hei de saber e levá-los comigo. Um homem forte não está certo ou errado, desde que outros o sigam, que repitam as suas palavras e avancem para onde o dedo aponta.

No mais, que o país estude, represente, reclame, discuta, mas que obedeça quando se chegar à altura de mandar. A cabeça alta, António, alta. São sempre mais os mansos do que os heróis.

Quarto 103

Werner Schwarz

As pupilas são absolutamente transparentes, os olhos negros por dentro.

Werner lê, sublinha, pensa.

Tudo é negro onde a luz não toca, os olhos, as vísceras, o coração, e mesmo o sangue que só se avermelha quando solto, ao sair do corpo para a luz.

Repete as palavras, de olhos fechados o escuro que vai dentro (o fígado, a vesícula, os rins, o coração).

A matéria é desprovida de cor intrínseca, os olhos não veem a matéria mas a luz por ela refletida.

Fecha o livro e as letras negras são agora iguais ao branco do papel. Que não é branco, nem as letras são negras. Matéria que absorve e matéria que reflete, e Werner pensa e procura verdades que se ajustem àquilo. Qual a diferença entre luz e matéria? Que outras emanações que não vemos serão trazidas de longe? Como são os homens sem luz? De que cor, de que natureza?

Uma pontada ao fundo das costas. As vozes dos filhos pedindo-lhe que não parta, "uma doença séria", diziam, "que não se cura com banhos, ou beberagens, ou médicos de província". Werner afasta as vozes com um movimento da mão, pega numa garrafinha transparente e bebe dois goles, e logo um terceiro.

Por entre as nuvens, alguns raios de sol vêm bater na janela. Abre as portadas e deixa que o irradiem no baixo-ventre, onde fazem falta. O corpo aquece, Werner puxa ar para o fundo dos pulmões algumas vezes, até ficar zonzo. Fecha as portadas, vai até à secretária, senta-se e escreve.

Todo o homem é desprovido de voz intrínseca, não ouvimos os homens, mas o ar que neles ressoa.

Uma nova dor do lado direito, Werner dobra-se e geme.

Todo o homem é desprovido de dor intrínseca, os nervos não sentem a dor, mas o mal que neles vibra.

"Fique em Berlim", diziam, "antes que seja demasiado tarde". E em breve chegará esse "demasiado tarde", as várias dores começam a sobrepor-se, o corpo unindo-se contra quem o governa (ainda governa?). Em breve o sangue ganhará a cor vermelha.

Todo o homem é desprovido de alma, de memória, de sentimentos. Todo o homem é desprovido de homem.

QUARTO 104

Sarah Healy e os meninos Cooke

Debruçados sobre o tabuleiro, lançam os dados, avançam com os pinos e riem disso, da vida um jogo, do tempo por passar.

Há quantos anos não recebo uma carta?

A menina quer que o jogo dure horas e faz batota ao contrário, corando do rosto, para que ninguém ganhe e aquilo não se acabe. O menino finge não ver, porque quer ganhar e jogar outra vez e voltar a ganhar.

O senhor italiano levantou-me o chapéu. Era Paolo ou Pietro? Não tenho memória para nomes estrangeiros. O bigode fino como se usava antes da guerra, que idade terá ele? Que idade pensa que tenho?

O pai não quer que o menino corra ou jogue *football*, porque tem medo de que embruteça – "onde já se viu um advogado correr como um selvagem para pontapear uma bola?" E o menino tão pequeno é já advogado e tolhido das pernas. Os funcionários da Justiça deveriam ser obrigados a usar calções e meias até ao joelho, para que nunca se esquecessem de que foram rapazes que sabiam correr.

O laço demasiado garrido para o meu gosto, mas são assim os meridionais. Nápoles, não era? Acho que era Nápoles. É um homem simpático e tem até um ar distinto, para um italiano, claro está.

Esta manhã a menina perguntou para que serviam as mamas. Do que as crianças se lembram… "Para que servem? Para que servem?", insistia, e eu disse-lhe que era para dar de comer aos bebés. E ela riu alto. Mas tu não tens bebés, vais dar de comer a quem?

O menino é esperto mas pouco inteligente. Daria um bom negociante de gado, um taberneiro, ou mesmo um *sportsman*. Há de ser infeliz toda a vida, Deus me perdoe. Rodeado de outros que o vão desprezar ou que, na melhor das hipóteses, o hão de tolerar com acenos condescendentes e muitos risos pelas costas. Ganhe agora, menino George, ganhe agora pela vida.

Quantas laranjeiras e limoeiros há neste país, podia viver-se aqui, mesmo sem civilização. Uma casa de dois andares, uma pequena horta e um jardim, um cachorro, um homem de bigode fino que de vez em quando… Que tonta, Sarah, que tonta me saíste.

O jogo vai terminar e o menino vai insultar a irmã, dizer-lhe que não presta para nada, que não serve para ganhar. Que maus são os rapazes, que mal há em perder só para que o jogo possa continuar? Pronto, Nancy, não ligues ao teu irmão, não chores, Nancy, não vale a pena chorar.

QUARTO 105

Major François Cary

A perna de madeira sentada numa cadeira ao lado da cama. O major tenta adormecer lembrando os dias felizes, amigos antigos, os filhos pequenos, a mulher quando ainda não era morta.

Sente o som da chuva que não cai e o frio de uma parede de terra úmida onde as costas se apoiam. Dos filhos aos camaradas de armas vai um salto pequeno, como estar acordado e cair num sono precário, como noites de angústia e uma ferida que alastra.

Morrer é um processo longo e difícil, negociado com o tempo e com as vontades antigas, vontades de esquecer ou de rir, há de aprender a rir das vontades.

A granada rolando como um novelo de lã aos pés, o silêncio redondo do metal negro, uma força que chega disfarçada.

O major acorda e acende a luz. Olha para a perna e empurra-a para o chão. Um *toc* de madeira contra madeira, trocista e cavo, um som desimportado do dono.

Outra vez a noite e a lama. Gritos, os seus gritos. A Flandres de névoa misturada com fumos, pólvora, gases tóxicos, chuva de água e ácidos na pele. Nuvens de dor cinzenta, homens que se derretem como se homens fossem líquidos escorrendo para o fim. Mas não há fim, não há de haver fim.

O funeral de uma perna, flores de papel de jornal lança- das para o buraco, um falso padre fingindo rezas numa língua estrangeira, benzida a carne podre, a loucura como amparo ou destino.

Morrer é difícil e hoje foi uma perna.

Do salão ainda música e gente. Dançam num mundo cheio de pernas e seios e promessas. Uma valsa escarninha, um dois três, um dois *toc*, dançam os vivos inteiros. A noite para quem a sabe vestir.

O major levanta-se, pega na perna de madeira e volta a sentá-la na cadeira ao lado da cama. Afaga-a e pede-lhe desculpa.

Vamos dormir, agora vamos dormir.

QUARTO 106

Francisco Ramalho

O Crime do Club dos Patos
O chefe Tavares, auxiliado pelos agentes Otelo e Euclides, esteve ontem, durante o dia, a ouvir as declarações de grande número de empregados do Club dos Patos, na sua maioria criados de *restaurant*, acerca da morte do italiano Ercole Mussolini.
Ainda não se conhecem indicações quanto à identidade ou o paradeiro do autor do crime.
A Capital, 22 fevereiro 1928

Pega numa tesoura, recorta a notícia com cuidado e guarda-a por entre as páginas de um caderno já recheado: "*Il mostro di Torino*", "*Dos muertos y tres mutilados en Alicante*", "*British ambassador found dead across the channel*".
Um laivo de orgulho, ou prepotência, ou mera satisfação, puxa-lhe agora o sorriso. A alegria de um homem-instrumento, habilitado e particularmente competente no que faz. Afinal, o homicídio é um ramo da arte de podar, como o tempo, a peste ou a guerra.
"Sobram homens ao mundo", diz Francisco a si mesmo, e deles os maiores males. Deus socorre-se de uns poucos para emendar a obra imperfeita. Se soubesse o que esperar de cada homem não

teria feito tantos. Francisco, e outros Franciscos, estavam ali para as emendas.

Procura a lâmina, a pedra de amolar, e vai afiando o gume, cantando sem palavras, como se fosse criança e não precisasse de entender. A navalha é um brilho metálico, uma coisa pura cheia de razão.

QUARTO 107

María Luisa González de Garay y Urquijo
(Marquesa de Gramoz)

Um carreiro de formigas a marchar por baixo da pele. Começa nos pulsos e vai subindo pelos braços, lento, rápido, lento, comendo a carne e a paciência. De nada adiantam as unhas, ou os dentes, ou a faca raspando.

Mais uma chávena de chá frio, frio. São três dias mal passados, uma sede sem medida, grande como um vale egípcio, grande como o que falta ao meu corpo exausto e nervoso, ao meu corpo oco.

Os nervos confusos e frementes, vou enlouquecer se não morrer antes. Que disparate, uma senhora a morrer por falta de um químico. Mas afinal é tudo químico, não é? "Deve ser", digo eu. Três dias sem aquilo e regressa-me o marido que não serve para nada, três dias e o filho que mataram para fazer um herói, três dias e outro filho que anda sei lá por onde, três dias e a filha estúpida e puta de muitos homens. Talvez ela saiba, talvez se salve disso.

Continuo a vomitar o que nem sequer comi, enjoo o pão, a água e o ar, tenho o corpo corrompido em ânsias de ambrósia. O corpo sujo para lá da carne e do sangue a correr por onde a alma se há de esconder negra. Nenhum corpo deveria esconder a alma.

Três dias sem aquilo.

Tenho de escrever e dizer o que não sinto, sob pena de me virem buscar, de me levarem de novo para a casa podre, a família podre, a igreja, a vila, o país infecto como é este também, como são todos. O tempo, podre como o corpo, concentra-se nos ossos dia após dia, uma pedra a crescer dentro, sempre mais pesada, até à maior parte de nós. Um passado que vai comendo o presente, somos homens e mulheres grávidos dos fósseis que hão de nascer de nós.

Quem me há de acudir? Se nem eu… Tinha um nome escrito num papel, um homem que me podia ajudar ou matar mais depressa. Onde está o papel? Onde pus a porcaria do papel?

Três dias sem aquilo.

Resiste, resiste, María, inspira fundo e manda tudo para onde não se veja. Tu comeste o papel, não foi? Tiveste medo de ti e engoliste o homem com as ideias. Vai agora até à janela, mexe as pernas, faz qualquer coisa.

Ou então não, ou então não faças nada.

O melhor é dormires, María. Que horas são? É hora de se dormir?

QUARTO 108

Madame Branco

É como lhe canta. Uma voz que quase chora, um corpo doce e muito brando.

Nenhuma mulher tão mãe. Todos os minutos dedos que vão tocando, um embalo lento mas sempre certo, um mundo longínquo que fala pelos olhos e pelo calor.

A porta estranhamente aberta, mesmo quando amamenta. Ao final do dia o canto sai pelo corredor, e pelo corredor vai embalando os hóspedes, escavando memórias – a vida foi já uma criança.

Há quem lhe leve prendas, gorros de lã, fatos tricotados, frascos de mel e biscoitos que não vão ser comidos, ranço crescendo à sombra de linhos e esquecimento. Fazem-lhe perguntas mas ela não diz nada, ou sempre as mesmas coisas desatinadas: "Não há de ser nada, não há de ser nada", "A espanhola veio, a espanhola há de passar", "Chora baixinho, menino, não queiras acordar o dia".

Não se vê nunca fora daquele lugar e o quarto parece uma cena montada há muito tempo, desenhada para ser vista. Madame Branco é uma madona italiana que posa eterna para nenhum pintor.

Chamam-lhe a "mãe louca" e os empregados do hotel tiram à sorte quem lhe há de limpar o quarto e levar as refeições. Há quem diga que o marido a visita sempre no primeiro sábado de cada mês, outros que é viúva, alguns juram que morreu ali no ano em que o hotel abriu as suas portas.

    À noite leva o menino até ao berço. Benze-o lentamente e tapa-o com a colcha, depois fecha-lhe os olhos e beija-lhe os dedos, onde a porcelana já começou a estalar.

QUARTO 109

Três homens sentados

Falam baixo e escrevem palavras em folhas brancas. Fumam, bebem muito, discutem acesos o nascimento de um país.

Desenham a guerra que tem de ser, as fronteiras recortadas por rios, montanhas e crenças, separando os deuses e as gentes que os sustentam. Fazem esboços de bandeiras e ensaiam hinos, um país que seja assim e onde caibam ideias sublinhadas a vermelho: liberdade, democracia, esperança. Uma terra que contenha o que lhes falta.

Um país é definido pelo que abarca e também pelo que exclui, um verbo não é mais fácil do que o outro.

Os três homens conversam, tropeçam em nomes e conceitos, cientes do esforço que os espera, das decisões difíceis e dos inimigos que serão os seus. Bebem, fumam muito, de vez em quando há um que se levanta e repousa por alguns minutos no divã encostado à parede. Um país cansa.

O primeiro homem fala longamente da vida: "Uma nova nação é um lugar para quem nunca foi de lugar nenhum, onde um homem possa cair sem deixar de ser quem é, um país que nos conheça os ossos e os medos, que nos aceite e dê descanso. São os ossos exigentes para com a terra que os suporta, e todos nós passamos mais tempo mortos do que vivos."

Lá fora um pássaro grita, chuva miúda e persistente. O segundo homem olha através da janela, pensa no futuro, no nome que os netos hão de ter, assustado pelo tempo. São tantos os anos que não vai viver.

"Se Deus pudesse ser chão", pensa o terceiro homem. Um chão de palavras fortes e seguras, onde os pés não se afundem e ganhem forças. Mas talvez o nosso Deus seja caminho, e não lugar.

O quarto baço de fumo e pensamentos. "Vamos morrer aqui", dizem os homens apontando para o mapa, "vamos morrer por alguns centímetros quadrados de papel colorido".

Antes de se despedirem dão as mãos, três homens adultos rezam por uma ideia que os possa salvar.

QUARTO 110

Embaixador Ribeiro e Castro

Inclinado sobre a secretária, o charuto pousado num cinzeiro de vidro verde, uma mão cofiando a barba, a outra dançando com a caneta dourada à procura de palavras. "Não existem sinónimos", diz para si mesmo enquanto procura os termos exatos a empregar na missiva.

... tratou-se ~~meramente~~ simplesmente de um desafortunado ~~incidente deslize equívoco~~, ~~lapso~~ tropeço que o meu distinto amigo terá com certeza a gentileza de ~~esquecer~~ suprimir da sua ~~liberal~~ pródiga memória.
Somos ainda, como o ~~excelentíssimo~~ autorizado doutor Darwin demonstrou à saciedade, animais primaríssimos, porquanto enverguemos gravata e ~~botões de punho~~ casaca, declamemos os poetas ~~franceses alemães~~ ingleses e saibamos distinguir os talheres de carne dos de peixe. Animais, meu caro amigo, com as suas virtudes, mas também os seus defeitos, e estes sempre mais do que aquelas.
O instinto, meu caro conde, negro e ~~subterrâneo~~ secreto, é uma força invisível que nos leva para onde não deveríamos, que nos faz dizer (e, ahimé!, até escrever) tudo o que haveria de ser calado. Como esse bilhete, caro amigo, ~~fruto~~ nascido do tédio e alimentado por um Chablis inusitado, coisa ~~ridícula~~ risível que a senhora condessa teve a amabilidade de ~~omitir~~ rebuçar por entre as páginas

da Bovary (certamente desconsiderando-o, como estas rapaziadas bem merecem). Um trabalho de ficção, meu caro conde, da pena romba que um dia alimentou o ~~desejo~~ capricho de assinar outras de maior mérito...

De longe chega o som da orquestra abafado pelas cortinas. O embaixador sorri relendo as palavras, parecem-lhe as mais apropriadas. Leva o charuto à boca mas desiste ao vê-lo apagado.

Levanta-se e vai até ao armário, de onde retira uma corda de seda vermelha e um retrato. Tranca a porta do quarto, testa-a uma e outra vez e prende uma das extremidades da corda ao cabide com um nó apertado.

Medindo cuidadosamente a distância ao chão, faz um laço na outra extremidade da corda. Arrasta a cômoda para que fique em frente porta e em cima coloca o retrato depois de dar um beijo demorado à condessa.

Solta os suspensórios, baixa as calças e as ceroulas e aperta o laço à volta do pescoço.

QUARTO 111

O geômetra

O salão tem um formato rectangular de cinco por sete. A porta principal encontra-se a meio de um dos lados maiores. Existe uma outra porta, pequena e discreta, num dos lados menores junto ao ângulo.

Numa das extremidades do rectângulo estavam dispostas dez mesas circulares, cada uma com nove cadeiras. No centro de cada mesa um arranjo floral e duas velas acesas.

As mesas alinhadas desenhavam um outro rectângulo de dois por cinco que delimitava uma área quadrada onde se encontrava a pista de dança e, no lado do quadrado oposto à porta principal, a orquestra arranjada em duas fileiras.

Uma parte dos presentes, sobretudo os de maior idade e distinção, estava sentada à mesa, bebia champagne, whisky, cognac e vinho branco da região. Alguns senhores fumavam charutos, algumas senhoras fumavam cigarros com boquilhas, muitas abanavam os leques.

Os dois lados do quadrado deixados livres pela orquestra e pelas mesas eram ocupados por rapazes e raparigas, militares em farda de gala, cavalheiros de meia-idade e algumas senhoras que observavam as respectivas filhas. As senhoras estavam sentadas, enquanto a maior parte dos cavalheiros permanecia de pé.

No centro do quadrado estavam os pares a dançar e faziam-no de formas diversas: em dois círculos concêntricos, um deles formado por elementos do sexo feminino, o outro por elementos do sexo masculino, que se iam dilatando e contraindo, rodando no sentido anti-horário e alternando de forma coordenada (fazendo com que o círculo interno fosse ora masculino, ora feminino, idem para o círculo externo); em duas filas que atravessavam o quadrado passando pelo centro paralelamente à orquestra (uma composta por elementos do sexo masculino, a outra por elementos do sexo feminino), as filas aproximavam-se e afastavam-se, deslocavam-se conjuntamente para um dos extremos e seguidamente para o outro, regressando depois à posição inicial; em vários conjuntos de quatro pares que formavam quadrados entre si e que iam permutando posições (ora com os dois pares nos vértices adjacentes, ora com o par localizado no vértice oposto); em pares que se dispunham de forma aparentemente aleatória pelo quadrado e iam rodando simultaneamente em torno do seu centro geométrico (tanto em sentido horário como anti-horário) e concertadamente em torno do centro do quadrado (apenas em sentido anti-horário).

Entre o final de uma dança e o início da próxima, havia casais que se deslocavam do centro do quadrado para a orla e outros que faziam o movimento inverso. Alguns pares desfaziam-se para formar outros com parceiros diversos.

Os empregados moviam-se pelo salão carregando bandejas com bebidas e canapés, percorriam os lados do quadrado, incluindo a orquestra, e depois circundavam cada uma das mesas na extremidade da sala.

O maître *permaneceu sempre junto à porta principal, observando, estalando os dedos para chamar a atenção de algum empregado, fumando, conversando e fornecendo todo o tipo de informações.*

QUARTO 112

Raquel Caires

O vento vai entrando em sopros descontínuos e as venezianas batem atrasadas contra os caixilhos. Os cabelos loiros da mulher deitada seguem o vento e espalham-se pela colcha negra e dourada.

Os seus sonhos são descontínuos como o ar que entra pela janela – homens que se aproximam e desvanecem ao longe, ora violentos, ora serenos, homens delicados, homens meninos, e logo bestas, e tigres, e mal.

No quarto, o cheiro adocicado do perfume da mulher, flores amarelas e canela, ou outras essências orientais, mas também um charuto queimado, deixado a meio numa chávena de porcelana azul e branca. Os cheiros misturados reproduzem o encontro de dois corpos que ali teve lugar. Um, delicado e vulnerável; o outro, robusto, dominador, violento.

Com o vento, um ramo de malmequeres em papel de seda, uma combinação branca pendurada nas costas de uma cadeira, duas notas dobradas presas por um copo vazio.

No assento da cadeira, a carteira vermelha que guarda um passado recente: uma fotografia de um homem sorridente que deixou de sorrir; outra de uma menina rechonchuda que passa horas entregue aos favores das criadas do hotel (chamam-lhe Raquelinha, de parecida com a mãe); um bloco de notas com um endereço e o nome do diretor do hotel; um batom cor de vinho, um par de meias sobressalente, um romance de amor.

Ao acordar, há de percorrer o quarto com passos inseguros, tacteando o espaço e o tempo, recordando os eventos que ali a levaram, uma desgraça, outra desgraça. Os homens passados, as palavras que disseram, as mãos nos seios, nas ancas, nas pernas, na cara. Perdidos e brutos, tímidos, incertos.

Há de guardar uma nota no bolso e a outra numa caixa de madeira, para o futuro da menina. Lavar o rosto, passar uma esponja pelo corpo, pentear os cabelos do vento, esperar.

QUARTO 113

Lady Cooke e *Lord* Cooke

– Não sei se é deste calor. Sinto o corpo lento, como se tivesse permanecido noutro fuso horário e estivesse constantemente a arrastá-lo do passado. São quantas horas de diferença mesmo?
– Creio que permanecemos no horário de Greenwich, meu caro; se o seu corpo anda atrasado, talvez o tenha deixado em qualquer outro país, é típico seu, só não perde a cabeça porque a tem agarrada ao corpo.
– Não seria a primeira vez que o meu corpo ficava algures no estrangeiro. Recorda-se de Pamplona? Se se recordar, por favor conte-me, há tanto que eu gostaria de saber... Creio até que esta alergia no pulso tem qualquer coisa de basco.
– Com tudo o que se passou em Pamplona até me espanta que não se tenha esquecido da sua língua.
– Lembro-me de uma noite com um touro... Houve uma noite com um touro, minha cara?
– Mais de uma, entre muitos outros animais selvagens, nem todos tão compreensivos e pacientes como os touros bascos.
– Pamplona...
– Pois eu prefiro este país, sempre achei a Espanha excessiva, um país com défice de atenção, pense nos *toreros*, no flamenco, nessas operetas horrendas cheias de facas e bigodes, os espanhóis

são crianças que ultrapassaram em muito a hora de ir para a cama.

– Em Espanha não há razão para ir para a cama, minha cara, a menos que alguém nos espere.

– Não seja vulgar.

– Já aqui... A cama parece uma opção inteiramente justificável, viu o semblante das senhoras hoje no salão? Até me espantou que não pedissem uma marcha fúnebre à orquestra, seria mais apropriado, não acha? Poderíamos seguir todos para o nosso próprio enterro, que ninguém ficaria mais triste do que já estava.

– Não seja exagerado.

– De modo nenhum, acho que se morreria lindamente neste país.

– Mas avise com antecedência, morrer no estrangeiro obriga a muita burocracia, e pode estragar umas férias.

– Não se inquiete, minha cara, nada farei para importunar este nosso cortejo fúnebre atlântico.

– Importa-se de apagar a luz?

– Mas ainda é noite, tem a certeza?

– Importa-se de apagar a luz?

– Se quiser, deixo crescer o bigode e mudo o nome para Pablo ainda antes de o sol nascer.

– Importa-se de apagar a luz?

– Ai, Pamplona...

QUARTO 114

Signore Schettino

O senhor Schettino conta os anos por músicas. Em noites como esta, solitárias, quentes, de brisas raras que vão afastando o sono, o senhor Schettino canta, um por um, os anos que já viveu.

As primeiras melodias têm quase a sua idade e saem-lhe no dialecto do Veneto, que era o da sua mãe. São cantigas simples que falam de comida e da falta dela, de homens que emigraram para a Alemanha e para o Sul do Brasil, de camponeses espertos que enganaram os patrões e lhes ficaram com as terras e as filhas.

Depois vêm outras do rapaz que se foi fazendo, cheias de malícia mal compreendida, de quadras que se cantavam ao desafio nas festas de San Gennaro, quando ele se juntava aos bandos que levantavam as saias das raparigas e roubavam as oferendas feitas ao santo.

Começou a namorar e mudou de voz e também de pose. O canto napolitano serve aos amores como um fato escuro a uma cerimônia grave. E, numa bela voz de tenor, os ciúmes, as traições, os desejos por ruas estreitas que raramente dobravam esquinas.

Veio o primeiro emprego como aprendiz de sapateiro, a sovela a abrir furos no couro e muitas vezes nos dedos, um velho armênio que cantava coisas na língua dele e traduzia algumas palavras de vez em quando: noite negra, negra; homem sem coração; lua de sangue; um cavalo no peito.

A partida para França, as cantigas de dor e depois de guerra, alguns anos de silêncio e finalmente a paz suíça, serena e triste como um país. E o senhor Schettino canta o tempo todo, com medo de se enganar e de ter de voltar ao princípio, esforçando-se por que o canto tenha um sentido e possa contar uma história.

Quando chega ao fim, pensa nos homens todos, nos gritos que lançam a toda a hora e em como a música é um Deus possível que encontra caminhos e descanso. Recorda as teorias que nos dão como descendentes dos macacos e desconfia, "os macacos não cantam", diz Schettino, e não são os dedos encontrados, nem a cabeça, nem a coluna erecta que nos faz homens. É tão somente o canto.

Trocamos o voo pela memória e pela força das ideias, mas seremos sempre filhos imateriais dos pássaros.

QUARTO 115

Um morto e Margarida

Quando um homem decide morrer há bem pouco que possa ser feito.

"Vai ser hoje à noitinha, minha querida, ouves o vento? Ouves? Sabe o meu nome, minha querida, o bom Deus teve o cuidado de me avisar, e está bem assim."

Terminaram o passeio sem pressas. Ele olhava muito para todas as coisas: as árvores exóticas e também os carvalhos e os pinheiros-mansos, os patos indolentes no lago, alguns barcos a remos, pessoas que iam e vinham da estação termal, as crianças penduradas nos baloiços, um homem a fumar sozinho, as nuvens, o céu.

Margarida não sabia se devia levar o tio a sério, ele tivera sempre um caráter extravagante, dado a dramatismos e às mais estranhas proclamações. Não lhe conhecia doença grave, caminhava lentamente mas ainda firme nas pernas, comia com apetite e bebia sem cuidado. De vez em quando, faltavam-lhe as palavras, ou repetia a mesma até se cansar ou adormecer. Mas isso era só de vez em quando, de resto mantinha uma cabeça limpa e arrumada.

Voltaram ao hotel e subiram ao quarto do tio. Ele pediu-lhe que voltasse à hora do jantar e Margarida hesitou antes de se despedir. Algo tinha mudado, mas não conseguia identificar o que era. A voz lenta, ou talvez mais doce, um meio sorriso que não lhe conhecia, normalmente mais propenso a uma expressão austera que ia interrompendo com risos curtos e sonoros.

Pensou em falar com o médico, mas não saberia o que dizer-lhe. *O meu tio sonhou que vai morrer, será grave, doutor?* Absolutamente ridículo.

Enquanto se vestia no seu quarto, o tempo ia mudando, e Margarida deu por si a tentar interpretar a chuva, como se água a cair lhe pudesse dizer alguma coisa que ainda não soubesse.

O tio esperava-a no quarto com uma gravata amarela e um alfinete de rubi, a bengala de cerimónia e o chapéu alto. Deu-lhe o braço e desceram para a sala de jantar. De caminho ela perguntou-lhe se voltara a ouvir o vento, se a chuva… Ele limitou-se a sorrir.

Pediu um dos seus pratos preferidos, um vinho velho e delicado, e não falou durante todo o jantar.

Fumou lentamente, concentrado na música da orquestra, quando tocaram uma peça de Mozart fechou os olhos e, assim que terminou, disse: "Podemos ir."

Despediram-se novamente à porta do seu quarto, ele deu-lhe um abraço, beijou-lhe a testa e disse-lhe adeus. Passou-lhe uma chave para a mão e pediu-lhe que o visitasse antes do amanhecer. Margarida quis falar, perguntar-lhe o que tinha em mente, se ia cometer alguma loucura. Ele sossegou-a, pôs-lhe o dedo nos lábios e repetiu: "Vem ter comigo antes que o dia nasça."

Margarida encontrou-o deitado na cama com a roupa do jantar. Os pés juntos, os olhos fechados, as mãos sobre o peito. Nenhum buraco de bala, nenhum frasco de veneno, nada por onde a morte pudesse entrar.

Margarida chora e toca-lhe o rosto. Confusa, revoltada, triste. O tio foi o seu pai e a sua mãe desde pequena.

Senta-se numa cadeira e fixa o olhar no espelho que reflete a parede nua. Tem apenas a companhia de gente morta, e os mortos fazem pouca companhia.

QUARTO 116

Vera Brule

Nasci com um pé deformado e duas mãos muito direitas. Cedo ficou decidido que não haveria de casar-me nunca, como a minha irmã mais nova se casou e os meus dois irmãos mais velhos. Haveria de entregar-me a Deus, ou aos sobrinhos, à renda, à cozinha, talvez a qualquer forma de arte menor (aquarela, cerâmica, poemas para jogos florais).

Até aos nove anos aprendi apenas a ser sombra. Sentava-me na última fila, sorria sem fazer ruído e falava quando me perguntavam como ia a escola ou para concordar com alguém com quem fosse seguro concordar.

Um dia fui com o meu pai a um novo médico, tínhamos esperanças e deixamos de as ter. Quando regressávamos a casa, depois de pararmos numa pastelaria, passamos por uma loja de instrumentos musicais. Um senhor de idade experimentava um piano e eu parei, larguei a mão do meu pai, fiquei a observar e a ouvir a música que, vinda de fora, parecia ser de dentro.

Deve ter passado muito tempo. O meu pai levou-me para casa e na semana seguinte comecei as aulas de piano.

Um piano de concerto tem oitenta e oito teclas (cinquenta e duas brancas, trinta e seis pretas), a mão humana comum tem cinco dedos, por duas são dez. A música vai soando na cabeça com um avanço de algumas décimas de segundo, é depois comunicada aos dedos, que a procuram no piano e a produzem com um movimento vertical de força e peso. As teclas transmitem essa energia aos martelos, que golpeiam as cordas fazendo-as vibrar. Uma peça musical é isso repetido muitas vezes, no ritmo e com a intensidade apropriada, umas poucas combinações por entre infinitas. Um acaso preparado por muitos exercícios e anos de aprendizagem.

Os pés pouco importam, usam-se para acionar os pedais e alterar as notas escolhidas pelas mãos, prolongando-as, atenuando-as, unindo-as. Os pedais são toscos como as teclas são delicadas. O piano é um instrumento à medida do meu corpo.

Aos quinze anos fiz a minha primeira apresentação a solo, aos dezassete o primeiro concerto, aos vinte e dois já tinha tocado em dez capitais europeias. Corri o mundo apoiada nas mãos, recebi prêmios, milhares de flores e beijos, alguns de príncipes.

Em 1913 conheci Ravel, que me esperava no camarim após um concerto na Salle Gaveau. O deslumbramento foi mútuo, intenso, e durou três semanas. Acordei uma manhã sozinha no quarto e apenas folhas de música em cima da cômoda, uma dedicatória disparatada e um título: *Gaspard de La Nuit*.

Não voltamos a encontrar-nos e no próprio dia começou a minha loucura.

Deixei de tocar em público. Passo os dias ao piano numa casa que me sobra nos arredores de Paris. Os dedos vão ficando engelhados e a peça continua a escapar-me por entre eles. Fujo de vez em quando para junto do mar ou para a montanha, para lugares improváveis onde espero encontrar algum descanso, e não encontro. Regresso cedo a casa ou vou improvisando teclados nos quartos de hotel, sofro de muitas maneiras.

As mãos estreitaram os gestos, esqueceram o que sabiam e não mais tocaram outro nome.

QUARTO 117

Um quarto vazio

Um quarto de hotel é também um repositório das vidas que por lá passaram. Mesmo depois de limpo, das camas feitas, da lixívia atacar o soalho e as louças, há marcas que ficam e contam histórias.

Há uma queimadura de cigarro no chão, junto à cama. De uma mão que caiu de sono, de um senhor cansado e triste, à espera de uma carta que não chegou.

A secretária está empenada, torcida pelo impacto de um corpo lançado com violência. A origem da discussão é incerta, um olhar mal interpretado, uma *toilette* ousada, quatro copos de *whisky*. Houve choro, pedidos de desculpa e um casamento que ainda dura.

Uma das molas do colchão está partida, e foi pelos melhores motivos.

Há uma bola de papel amarrotado por baixo do armário. Lá dentro a mesma frase escrita de diversas formas, nenhuma completamente satisfatória: "A distância entre quem olha e quem é olhado… A distância entre o que vejo e o que sinto… A noite entre ter e não achar…"

A cortina tem pequenos furos feitos pelas garras de Tenório, um gato persa. Tenório gostava de trepar por elas e olhar de cima, com a cabeça voltada para trás, para a senhora Ribeiro, uma mulher infeliz e desatenta.

Duas marcas em cunha no soalho, entre a cama e a secretária. Ali assentaram durante quinze dias as pernas traseiras da cadeira que um jornalista desportivo gostava de inclinar enquanto apoiava os pés no tampo do móvel. Quinze dias a pensar no romance que havia de escrever e que nunca passou da segunda página.

Há dois quadros pendurados nas paredes do quarto: uma reprodução de uma rua de Paris ao final da tarde (autor anônimo do século XVIII) e um retrato de um jovem soldado loiro (assinado Arménio Pires). O primeiro tem algumas manchas de vinho tinto, pouco visíveis contra o céu alaranjado, que resultaram de um ataque de fúria de uma hóspede parisiense. Sobre o segundo é possível ver-se um ligeiro reflexo vermelho no lábio inferior do jovem, uma marca de batom que não foi possível eliminar completamente.

No tapete da casa de banho há uma zona mais escura. É aí que a maior parte dos hóspedes se apoia enquanto se vê ao espelho depois de sair do banho. Penteiam os cabelos, descobrem rugas e treinam o sorriso.

Alexandre, ascensorista

São cinco metros do rés do chão ao primeiro piso, quatro até ao segundo, outros tantos para o terceiro. Por dia são mais ou menos setenta viagens completas (treze metros), cinquenta até ao segundo piso (nove metros) e trinta até ao primeiro (cinco metros). Cerca de mil e quinhentos metros a subir e os mesmos a descer. Três mil metros por dia, dez mil e quinhentos por semana, quase três mil e duzentos quilômetros verticais por ano (descontando os dias de pouca afluência).

Medi no atlas da biblioteca a distância com um cordel. Três mil e duzentos quilômetros é a distância até Kiev, Odessa, Helsínquia, Bissau, Niamei e Constantinopla, e tudo isso num ano. Em dois anos de trabalho no hotel já fui até ao Afeganistão, ao centro da Rússia, à América e ao Brasil. Diz o atlas que a circunferência da Terra são quarenta mil quilômetros. Mais dez anos e meio a subir e a descer e dou a volta ao mundo.

Nasci numa aldeia a cinco quilômetros do hotel, na mesma casa onde nasceu o meu pai. O meu avô paterno era de uma aldeia vizinha e foi para ali depois de se casar. No primeiro dia ao serviço, a minha mãe ficou em casa a rezar por mim. Ri-me dela e disse-lhe que não era nada, mas também eu me benzi antes de entrar no ascensor.

À medida que se alarga o círculo da distância viajada, vou copiando nomes do atlas para um caderno e procuro-os depois na enciclopédia: *Indocuche: cadeia montanhosa com oitocentos quilômetros de extensão que se estende do centro do Afeganistão até ao norte da Índia; O lago Abaya, localizado no Vale do Rift, a leste dos Montes Guge, é alimentado pelo rio Bilate, que nasce na encosta sul do Monte Gurag; Omsk: cidade russa localizada na Sibéria ocidental, fundada em 1716, é a capital do oblast de Aqmola...*

No mesmo caderno aponto as palavras estrangeiras que aprendo com os hóspedes. Se olham para mim e sorriem, pergunto-lhes de onde são e peço-lhes uma palavra: Bom dia – *gude mórningue* (inglês); obrigado – *taque* (sueco); bonito – *jóli* (francês); chuva – *reguen* (alemão).

O trabalho é fácil, embora de muita responsabilidade. Tenho de abrir e fechar a grade de ferro, perguntar para que piso desejam ir e depois rodar a manivela, esperar que pare, abrir de novo a grade e desejar bom dia ou boa tarde. Se juntar as gorjetas ao salário, até nem sou mal pago, mas o melhor de tudo é que posso viajar.

1956

QUARTO 201

Dennis Sanders

 A 1º de março de 1954, o primeiro-tenente Dennis Sanders assistiu de um porta-aviões ao teste da bomba termonuclear Castle Bravo no atol de Bikini. Foi uma das maiores detonações da história, equivalente a quinze megatoneladas de TNT. Dezasseis tripulantes do porta-aviões sofreram queimaduras causadas por partículas beta.
 A 22 de novembro de 1955, a União Soviética testou a bomba RDS-37, com uma potência de três megatoneladas de TNT, no norte do Cazaquistão, confirmando que as duas nações se mantinham a par e passo na corrida nuclear.
 A 25 de novembro do mesmo ano, Dennis Sanders pediu a dispensa da Marinha dos Estados Unidos. Nas semanas que se seguiram vendeu a casa e o carro, rompeu o noivado com Sarah Wayne, despediu-se da família e dos amigos e comprou um bilhete de avião só de ida para Lisboa. Chegou ao Portela a 4 de janeiro de 1956, trazia uma mala de viagem e uma caixa de metal prateado.

 A noite é o período mais difícil. As cinzas escondem-se no céu negro e pode alguém que dorme não ouvir o estrondo, não ver o clarão alaranjado.
 A máscara há de garantir alguma prote, mesmo que o ar chegue úmido e quente aos pulmões – antes a máscara do que a morte a qualquer hora.

Nenhum lugar é seguro, nenhum é suficientemente longe, mas este é o melhor. Entre Washington e Moscou, quase exatamente entre um mal e o outro. Um lugar sem importância estratégica, razoavelmente independente, pobre, talvez um pouco atrasado.

As cinzas negras hão de demorar várias semanas a chegar, muito depois das ondas de rádio anunciando a desgraça.

Uma casa com uma cave de paredes grossas de betão armado, água e comida para um ano, talvez mais, um sistema de esgoto independente, entradas de ar filtrado, um aparelho de rádio e algumas baterias, uma caixa com o que hei de querer lembrar. Tenho de encontrar uma casa rapidamente.

Sopra agora o vento do sul, e é de todos o melhor.

Eles deviam ter vindo, e não foi por falta de explicações ou de vontade. Mostrei-lhes fotografias e relatórios, o pulso e o pescoço queimados, o mapa e as direções do vento. Não foi por falta de nada. A ela mostrei-lhe o metal a derreter, uma aliança, imagina. Foi o que eu lhe disse.

Não sou egoísta, mas alguém tem de pensar no futuro, carregar a memória do que somos e do que fomos capazes. Outros como eu guardarão também os seus retratos, os diários, as cartas, um anel de noivado, um poema manuscrito. Há de haver pelo menos um como eu em cada país, provavelmente mais, cada um com sua caixa e um plano de sobrevivência. Sobreviver, é essa a palavra.

Dante, Shakespeare, Cervantes, Beethoven e Mozart, todos guardados em caixinhas, também Newton, Darwin e Einstein, não, não o Einstein, nem o Heisenberg ou o Oppenheimer, nem nenhum desses, não há porque recomeçar tão cedo.

Alguma poesia, música e a ciência que falte para viver, mais nada, nada que nos leve ao que nos tornamos.

Não sou egoísta, mas alguém tem de pensar no futuro.

QUARTO 202

Quatro homens

Estão quatro homens sentados a uma mesa e seguram nas mãos cartas de jogar. Em cima do feltro verde está o resto do baralho, quatro copos meios de *whisky*, um cinzeiro quase a transbordar, pequenos maços de notas junto a cada um dos jogadores.

Um dos homens, de cabelos grisalhos e bigode farto, tem o olhar fixo no que está à sua frente, mais jovem, negro, corpo de atleta. Os dois em silêncio, à procura de qualquer gesto involuntário, algo que estremeça ou se contraia. Os outros, que já abandonaram o leilão, tentam aliviar a tensão com anedotas pouco eficazes, riem nervosos, falam apressadamente entre eles.

Os dois homens vão empurrando fichas para o centro da mesa, até à última do mais jovem, e o sorriso cínico do outro, por baixo do bigode. Um momento de silêncio antes de mostrarem as cartas, os rostos iluminam-se pela chama de um fósforo.

Um par de ases de um lado, um *flush* do outro.

O homem do bigode bate na mesa com os dois punhos fechados, os copos estremecem. Insulta o oponente, acusa-o, chama-lhe "preto de merda", "batoteiro de merda", "vou cortar-te os colhões e enfio-tos no cu", diz-lhe ainda. Os outros dois tentam acalmá-lo, que tenha paciência, que pode muito bem acontecer sem batota.

O negro levanta-se, ameaçador, tem corpo que chegue para o outro, nenhum medo, só as palavras que ardem na cabeça.

O homem do bigode levanta-se também, esconde a mão dentro do casaco e saca de uma pistola. Ri-se.

– A mim não me fodem, ouviste? A mim ninguém me fode, nem putas, nem pretos, nem o caralho.

A pistola às voltas na mão, os olhos dos três homens seguem-na, incapazes de falar. As palavras do bigode repetem-se, como partes de um feitiço.

Aproxima-se do jovem, a pistola apontada ao peito. De forma instintiva este agarra-a e desvia-a, acerta-lhe com um soco no rosto e vê-o cair. Os outros dois hesitam por um instante, até que um deles agarra numa cadeira e golpeia o jovem na nuca, fazendo-o perder os sentidos.

O homem do bigode já se levantou, pontapeia o negro nas costas, no abdômen, no rosto. Um dos outros consegue afastá-lo a custo:

– Não mates o preto, caralho, olha que quem se fode és tu.

Os três homens parados olham para o corpo no chão. Um deles baixa-se e toma-lhe o pulso. Vive.

– Não tinha nada que se armar em parvo.

Acendem cigarros e abandonam o quarto deixando-o sozinho, de borco, sangrando. Uma nota em cima da mesa:

– É para arranjares os dentes.

QUARTO 203

Clara e Raul

É um mistério como acerta a linha com a agulha. Como as riscas tão direitas e as cores sempre atinadas.

Move-se pelo quarto como se nadasse de bruços, os braços abrem-se simétricos, os dedos esticados à espera de tocar.

Encontra o berço e acalma o neto, dá-lhe colo, o biberão, muda-lhe as fraldas com gestos precisos.

Raul, o filho, visita-a muitas vezes durante o dia, faz-lhe perguntas, inspeciona o quarto, desconfia, teme. Ela diz-lhe que não se preocupe, abraça-o e pede-lhe que se divirta, que esqueça. Que esqueça.

É um menino loiro, órfão ao quarto mês. Raul acredita que foi uma doença repentina, a mãe está convencida de que já vinha de trás.

– O corpo traz gravado o fim, a própria decadência e todas as suas incapacidades – diz Clara, de olhos parados.

A conversa fica por ali, o menino agita as pernas e os braços, faz sons com a boca.

– Amanhã há um baile, parece-me – os olhos num canto do quarto.

Raul encolhe os ombros.

– Não me apetecem bailes, mãe, não insista.

Clara ajeita o decote do vestido, sussurra para que não se ouça. E insiste, como uma mãe.

– Sabes qual é a diferença entre um viúvo e um viúvo tonto? É que um morre uma vez, e o outro morre a cada dia.

– Por favor, mãe…

– Já ouviste o menino pela manhã? O menino ri porque está vivo. Só a morte produz silêncio, sabes?

Raul vai até à janela que dá para o jardim. Duas senhoras passeiam e abanam-se com os leques, três miúdos de cócoras à procura de minhocas, um casal conversa debaixo da pérgula.

Os olhos de Clara regressam ao canto. As mãos à linha.

QUARTO 204

Alison e Elizabeth

Alison passeia pelo quarto, fala com a voz colocada, gesticula, pausa repentinamente, depois continua.

Elizabeth martela o teclado usando os dedos todos, como aprendeu na escola de dactilografia, morde o cigarro, e sua. De vez em quando repete uma palavra em tom de pergunta, sacode a cinza, ouve a resposta e prossegue.

Há noites em que pedem que lhes seja servida a refeição no quarto. Comem deitadas, por vezes de pijama, bebem vinho branco até tudo ter graça, beijam-se e fazem amor.

Alison tem quarenta anos, Elizabeth vinte e seis. Conheceram-se há cinco anos na seguradora em que ambas trabalham e desde então passam férias juntas. Alison é viúva de um soldado inglês de quem não chegou a ter filhos, Elizabeth uma menina tímida que abandonou uma cidade pequena para conhecer Londres e outras coisas que não imaginava.

Viajaram até Paris, Roma, as ilhas gregas e agora Portugal, mas mal saem do quarto, concentradas nos livros que Alison há de publicar e também uma na outra, gozando de uma liberdade que lhes escapa no resto do ano, porque o trabalho, porque a família e os vizinhos, porque Londres.

Fizeram o ingresso no hotel anunciando-se primas, e é assim que se tratam em público. Durante a estadia de três semanas terão liberdades inusitadas, como crianças sem pais.

Quando escrevem ficam sérias, Alison sofre pelas palavras, Elizabeth pelos dedos.

Este é o terceiro romance, os outros dois têm viajado pelo correio, a caminho de várias editoras e depois de regresso a casa. Gostam de ler juntas as respostas dos editores (quase todos homens) enquanto tomam chá em casa de Alison ou num local perto da seguradora. *A sua escrita, embora cativante, é algo dispersa e demasiado centrada numa perspectiva feminina, Confesso que não cheguei a entender o propósito da história, tem a certeza de que quis escrever um romance?, Sente-se a falta de uma personagem masculina com a qual os leitores se identifiquem e pela qual as leitoras se apaixonem.*

A verdade é que não se preocupam muito com a publicação dos livros. Talvez os escrevam simplesmente porque se divertem com aquelas respostas, ou talvez porque o fazem juntas em quartos de hotel de países que nunca irão conhecer.

QUARTO 205

André Rios

Contando com as setenta e duas horas negras de Xangai, este é o seu quinto suicídio.

Há quem faça retiros espirituais em mosteiros ou no meio da natureza, há quem escolha o álcool, o espiritismo, quem se encha de comprimidos ou extractos vegetais. André usa o suicídio para encontrar equilíbrio.

Da primeira vez teve algumas reservas. Um misto de má consciência católica e o medo físico de submeter o corpo a uma experiência nova levou-o a arrastar a decisão por algumas semanas. Mas era, afinal, o mais acertado, a única opção razoável. Tinha sido abandonado após uma relação de três anos, uma rapariga ruiva e caprichosa, linda, louca e promíscua como um balde de enguias. Após duas bebedeiras e três serviços religiosos, foi até à ponte D. Luís e lançou-se para a morte. Não tem grandes memórias da queda, só o peito que estalou a meio, ideias e imagens como num filme acelerado, um estrondo final.

Acordou três dias mais tarde no hospital com duas costelas partidas e a respiração vagarosa, como se o ar fosse leite. Os pais a seu lado, alguns amigos e uma enfermeira mal-encarada. A memória da ruiva ficara no fundo do rio e, apesar da vergonha, era um homem renascido, pronto para o que a vida lhe reservasse.

Veio a idade adulta e alguns problemas financeiros. Um antigo colega aliciou-o para uma empresa na África do Sul e foi lá que enterrou as poucas economias, em vacas leiteiras e frutos exóticos. Quando o banco lhe congelou a conta achou que era altura de morrer outra vez, mas nada de muito trágico – um guisado com veneno para ratos, algumas horas de agonia e nova ressurreição numa clínica privada (paga por um sócio com a consciência pesada).

Morrer tornara-se um vício – algo perigoso, é certo, mas não tanto como viver.

Nova viagem, desta vez até à Ásia, para criar um negócio de *import-export* em Macau. Pela primeira vez, algo deu certo. Entre os lucros legítimos e as comissões que recebia da máfia chinesa, conseguiu enriquecer em dois anos. Delegou a maior parte das suas funções e passava o tempo em Banguecoque, Taipé e Xangai, jogando, frequentando prostitutas refinadas e casas de ópio. Foi numa dessas casas (a melhor de toda a China) que morreu pela quarta vez, ou talvez seja mais correto dizer-se que adormeceu sem planos de acordar.

Mas acordou, três dias mais tarde, sem carteira nem passaporte mas com uma cicatriz profunda em forma de dragão.

Regressou a Portugal. Instalou-se na capital e casou-se com uma mulher mais nova de quem teve dois filhos. Fez-se sócio do sogro e inscreveu-se na União Nacional. Tornou-se um pai de família, um homem pacato, um cidadão exemplar. Ou quase.

São agora duas da manhã de uma noite quente. Se alguém lhe perguntar porque está sozinho num quarto de hotel, com uma garrafa numa mão e uma pistola na outra, talvez não saiba responder. "São hábitos", talvez responda, "são hábitos", sorrindo e encolhendo os ombros.

QUARTO 206

Os irmãos Sárkány

Habituou-se a esperar pelo irmão. Em silêncio, escutando de costas voltadas o som da sua respiração, aguardando o momento em que se torna lenta e profunda.

Pouco mais de um ano de diferença, Kaín foi o primeiro, e continua a ser. Desde sempre sentimentos ambíguos pelo irmão – medo, suspeita, respeito, admiração também.

Cresceram juntos num orfanato católico em Győr, a meio caminho entre Budapeste e Viena. Um dia um padre contou--lhes a história dos seus nomes e Ábel nunca mais adormeceu antes de Kaín.

Não sabe quem os batizou, se o pai, que não conheceram, se algum funcionário do registo com um sentido de humor particular. Um burocrata cínico e germanófilo, imagina Ábel, talvez o mesmo que os separou para sempre da família.

Quando se levantam pela manhã, quando comem, mesmo quando nadam, à frente vai Kaín, e só depois Ábel. O selecionador não entende como pode ser mais rápido nos treinos individuais e ficar sempre em segundo nas provas oficiais. "No desporto não há irmãos", diz László, que não entende, "Numa prova são todos teus inimigos", diz László, que não entende.

Pode ser uma profecia ou simples estupidez; por via das dúvidas, Ábel espera pelo irmão, observa-o, evita ao máximo excitar-lhe o humor instável.

"Os teus avós mataram Nosso Senhor", disse também o padre do orfanato. Ábel não sabia quem era esse "Senhor", mas teve pena dele e medo do sangue a correr nas veias.

Os irmãos preparam, com o resto da equipa, a participação nas olimpíadas. Vão fazendo estágios, exibições, provas menores por toda a Europa. Em novembro seguem para Melbourne, uma terra tão longínqua que pode ser qualquer coisa, a terra prometida ou Nod, um grande deserto à espera.

Vão competir juntos nos duzentos metros mariposa, o estilo mais forte de ambos, e Ábel tomou uma decisão. Por uma vez, pela primeira vez, vai ultrapassar Kaín, esquecer o medo, ou tirá-lo a limpo. Não tem mais ninguém no mundo, e ama-o como se pode amar o ar ou o pão. Mas é o que tem de ser feito, que aconteça o que tem de acontecer.

QUARTO 207

Paulo

Não devíamos ter voltado. Os lugares que não mudam deixam-nos com a certeza de que estamos diferentes.

Há cinco anos entramos por aquela porta com a urgência de quem ama. As mãos e os olhos iam pensando por nós, e seguíamos atrás daquilo, espantados, excitados, rindo muito de todas as coisas.

Sabíamos pouco de tudo, e é esse pouco que não devíamos ter esquecido.

As manhãs chegavam sempre demasiado cedo e nenhum relógio podia explicar o tempo. Quando é que começamos a precisar de "passar o tempo"? A procurar distrações e a companhia de outras pessoas? Jantares, passeios, *soirées*, a ler os jornais até à última linha?

Há cinco anos não reparei nos quadros porque não me lembrei de olhar para as paredes. Nem para o prado que se vê da janela, ou o florão do tecto, ou a moldura dourada do espelho.

Não sei se o amor era um e é agora outro, parece-me a palavra pouca para o que então sentíamos e excessiva para o que hoje conservamos.

Dormes ainda. Mãe dos dois filhos que não tive, parceira de tantos projetos por concretizar: a casa que não construímos, as viagens que não fizemos, a porra de um cão chamado David.

Um futuro gorado que conosco partilha a cama e os dias, todos os santos dias.

Se alguém pudesse ter a culpa.

Tivéssemos a liberdade de arrendar um dia de um ano como um quarto de hotel e poderíamos voltar àquela manhã em que acordei e tu me olhavas. Os olhos tão suspensos, um sorriso que te partia dos lábios e abraçava tudo.

Um só dia de um ano.

Ana

Não gosto de te ver tão calado, com essas rugas na testa que estremecem de vez em quando, que parecem desviar-se de alguma ideia má.

És capaz de te aguentar assim horas a fio, sem me falares, fingindo ler um livro que está sempre na mesma página. Talvez sejamos esse livro que não te apetece ler, do qual adivinhas o desenlace e que é tão difícil de abandonar como de seguir até ao fim.

São assim as obras mal-escritas, querido Paulo, algumas boas intenções expressas em frases banais.

Fomos sempre bons um para o outro, demasiado bons. Não há nada que resista a tanta bondade, a um tão levado sossego. Os gritos e a fúria, e a força, e o ódio são partes do que precisávamos e que pelos dedos se foi escapando. Falta-nos a raiva, Paulo, e algumas coisas mais.

Há quanto tempo não fazemos amor?

Há quanto tempo andamos a desfazer amor? E a fingir que não importa, que estamos bem assim, mortos do corpo para baixo, mortos de tu seres homem e eu mulher. Há quanto tempo?

Faltam os filhos que não te posso dar, ambos o pensamos mas não temos coragem de o dizer. Vamos desfazendo o amor e os filhos que até já tinham nome.

Demos nome a todas as coisas.

Não vamos voltar daqui a cinco anos, sei-o bem. Pode o teu orgulho levar-me pela mão inerte, o meu medo dizer que sim, e sorrir, e tremer, mas sei que não vamos voltar daqui a cinco anos.

A manhã está fria e transparente. Consegues ouvir os pássaros? Daqui a pouco começa o nosso dia, Paulo, perfeito e sereno, cheio de boas intenções expressas em frases banais.

QUARTO 208

O homem que ainda

Era tudo uma enorme estupidez. Sabia-o, dizia-o a si mesmo, escreveu até num caderno: *Isto é tudo uma estupidez.*

Ela não tinha morrido, pelo contrário. Vivia muito, ou assim ouvira contar. A viagem à Itália com dois gêmeos espanhóis (dizem que remadores olímpicos, mas pode ser aumento); um baile de máscaras do qual se conheciam algumas histórias, nenhuma decorosa; uma sessão fotográfica cujas provas circulavam em grupos restritos a preços inflacionados.

No mesmo caderno, preenchendo várias linhas, todos os impropérios que lhe foi dirigindo, de "alcouceira" a "zorra", com muito alfabeto pelo meio.

Mas era uma a coisa escrita e outra diferente a que sonhava, tão desejada ainda contra o seu melhor parecer. De noite, às vezes de madrugada, uma dor que lhe gritava pelo nome, a memória de um tempo curto mas intenso, tão curto, tão difícil de esquecer.

Levantava-se e, de enfiada, compunha longos parágrafos cheios de evocações, escusas, amerceamentos e promessas solenes. No final da carta um pedido de reencontro, uma data, uma hora e um local, sempre o mesmo local.

Onde te deixei é onde nos havemos de encontrar, minha Susana, vai ter comigo ao jardim, estarei à tua espera.

No dia combinado arranjava-se com todo o esmero, vestia o melhor casaco, a camisa mais branca, e passava na florista de onde saía com um ramo de lírios vermelhos. Uma flor desmedida, pensava, excitando-se com a palavra.

Chegava ao hotel, fazia o ingresso, remirava-se ao espelho e entretinha a espera com paciências de cartas, praticando frases, elogios, versos. Os minutos tão lentos e mais um retoque no ramo de flores, um olhar para o banco de jardim onde ela se sentaria a seu lado dentro de meia hora, quinze minutos, cinco, e descia com a euforia dos loucos.

Pelo crepúsculo regressava finalmente ao hotel. Os dentes cerrados de frustração, os lírios deixados à menina da recepção sem uma palavra, os sapatos arremessados contra a parede. Um olhar ao espelho para que não mais esquecesse a raiva e a fundura do enxovalho.

E assim até que a dor e o nome dela, de noite, por vezes de madrugada.

... biscaia, galdéria, rascoa, tronga...

QUARTO 209

Carlos e Leonel

Carlos: Quem queres ser?
Leonel: Tanto faz.
Carlos: Estragon?
Leonel: Pode ser.

Vladimir: Estou curioso para ouvir o que tem para oferecer. Depois logo aceitamos ou recusamos.
Estragon: O que lhe pedimos exatamente?
Vladimir: Não estavas lá?
Estragon: Não estava a ouvir, certamente.
Vladimir: Oh... Nada de muito definitivo.
Estragon: Uma espécie de oração.
Vladimir: Precisamente.
Estragon: Uma súplica vaga.
Vladimir: Exato.
Estragon: O que é que ele respondeu?
Vladimir: Que ia ver.
Estragon: Que não podia prometer nada.
Vladimir: Que ia pensar no assunto.
Estragon: No sossego do seu lar.
Vladimir: Consultar a família.
Estragon: Os amigos.

Vladimir: Os agentes.
Estragon: Os correspondentes.
Vladimir: Os livros.
Estragon: A conta bancária.
Vladimir: Antes de tomar uma decisão.
Estragon: É o mais natural.
Vladimir: Não é?
Estragon: Acho que é.
Vladimir: Eu também acho.

Leonel: Foda-se!
Carlos: ...
Leonel: ...
Carlos: Não gostas?
Leonel: Não entendo. Não sei se entendo.
Carlos: Mas não gostas?
Leonel: É moderno...
Carlos: Sim, muito moderno.
Leonel: Moderno pra caralho.
Carlos: ...
Leonel: E o gajo não chega, não chega a chegar?
Carlos: Não.
Leonel: Foda-se lá para o gajo.
Carlos: É uma metáfora, uma alegoria, percebes?
Leonel: De quê?
Carlos: De tudo, da vida, da gente, do amor, de tudo, percebes?
Leonel: E o gajo, quem é?
Carlos: Eh,Leonel: Muito moderno.

QUARTO 210

O ENGENHEIRO

As bombas borboleta chegavam do céu em contentores que se abriam com uma explosão a meio da queda. Os pequenos cilindros de ferro fundido (cerca de oito centímetros) abriam-se por sua vez em duas asas diametralmente opostas que desciam rodopiando. Ao chegarem ao chão, rebentavam graças a uma carga de duzentos e vinte e cinco gramas de TNT e projetavam fragmentos de metal incandescente que penetravam na carne e faziam estalar os ossos.

O soldado Douglas morreu sufocado quando um estilhaço lhe atravessou o pescoço, o cabo Bates perdeu o olho esquerdo e parte do nariz quando uma borboleta rebentou a quarenta metros de onde se encontrava.

Os morteiros alemães percorriam uma trajetória parabólica que podia ser alterada pelo vento ou pela quantidade de vapor de água presente na atmosfera. As cargas disparadas iam dos três aos onze quilos e o seu alcance máximo correspondente variava de pouco mais de quatro quilômetros a novecentos metros com o tempo seco. As cargas podiam ser explosivas (TNT), de fumo (fósforo branco) ou químicas (gás de mostarda).

O cabo Blaker ficou surdo com uma explosão a vinte metros, o corpo do tenente Morris coberto de queimaduras de segundo e terceiro grau provocadas pelo contacto com o gás.

A metralhadora MG42 começou a aparecer em 1942, pesava doze quilos incluindo o bipé e era operada por três homens que a podiam montar em dois minutos. Usava munições de 7,92 × 57 milímetros e tinha uma cadência de mil e duzentos tiros por minuto (o dobro da sua antecessora), sendo a velocidade de escape dos projéteis de setecentos e cinquenta e cinco metros por segundo. O ouvido humano não consegue distinguir vinte tiros por segundo, e o som da arma mais se assemelhava a um zumbido, uma vibração do ar que destruía tudo por onde passasse. Era impossível pensar, reagir ou ripostar. Os homens corriam, escondiam-se, encolhidos onde pudessem caber, rezavam e olhavam para o céu.

Não me lembro do nome de todos os que morreram baleados por uma MG42, só a imagem do crânio estilhaçado do sargento White, um buraco de entrada e outro de saída, um túnel regular escavado para a morte.

QUARTO 211

Alberto Graça

Vai retirando fotografias de uma pasta de cabedal preto e coloca-as alinhadas sobre a cama. A cada rosto fixado corresponde um nome que Alberto pronuncia sílaba a sílaba, com a mesma dificuldade e o mesmo empenho de um punhal que vai furando a carne: Fran-cis-co, Sil-vé-rio, Ál-va-ro, Er-nes-to, Ed-mun-do, Sal-va-dor, Jai-me, Se-bas-ti-ão, e um último, voltado para baixo, completando o quadrado de três por três: Fer-nan-do, Fernando Almeida.

Nas fotos a preto e branco, os homens olham de frente para a câmara, têm as faces magras de fome, feridas abertas, hematomas, olhos inchados, olhos que são buracos.

Por cima de cada fotografia, Alberto deposita um sobrescrito fechado com o nome do destinatário. Só o rosto de Fernando Almeida permanece voltado, sem sobrescrito, sem que se veja.

Recolhe as fotografias e os sobrescritos e guarda-os numa caixa de cartão onde estão algumas fichas com o carimbo da Polícia Internacional e de Defesa do Estado, um maço de dólares e uma Parabellum com as respectivas munições. Fecha a caixa, senta-se e espera.

Dez minutos e cerram-se os olhos, a cabeça basta para as cores negras de um passado. Homens contorcidos e a sua própria voz gritada, uma e outra vez, mil vezes e mais ainda, gritos que são perguntas e ofensas, gritos que perfuram a pele e britam as ideias, gritos com a voz e com os punhos, com lâminas e cordas, gritos pontapés nas costelas de rapazes caídos.

Quinze minutos e alguém bate à porta com duas pancadas secas. Alberto levanta-se, dá três passos e roda a maçaneta. Apertam as mãos e as vozes secas e seguras: Alberto, Fernando.
Alberto aponta-lhe a caixa de cartão, Fernando abre-a e examina o conteúdo, conta o dinheiro e retira a pistola, que guarda no casaco depois de verificar o carregador. Fecha a caixa e pergunta:
– Tens a certeza desta merda?
– Tenho a certeza de não aguentar mais, a cabeça a rebentar de dia e de noite. Só quero sossego.
– E perdão, também queres?
– Nenhum perdão, só as contas fechadas. E silêncio.
Olhos nos olhos, raiva, dor, remorso, alguma estranha compaixão.
– Não é por te dar um tiro que vou ficar feliz, os anos perdidos não voltam por morrer um cabrão.
– Dá-me dois, então, um por cada ano que passaste na prisão.
– Um há de chegar. Vamos embora.

QUARTO 212

Freud e mulher loira

A mulher está deitada na cama, vestida, o cabelo loiro penteado, lábios pintados, os cobertores puxados até ao peito. Olha para o tecto com olhos azuis muito abertos, como se por eles devessem passar coisas grandes e difíceis.

Vê-se-lhe a mão esquerda ossuda, angulosa, apoiada na face, o mindinho a tocar a boca, três dedos puxando a pele da maçã do rosto.

Freud está de pé, entre a cama e a janela, mãos nos bolsos, cabelo desalinhado, a boca cerrada, olhos voltados para fora do quadro.

Freud desenha a mulher com o cuidado de dedos: os sulcos nos cabelos, as sombras que lhe pertencem e as que vêm de fora, as pestanas quase transparentes, a pele branca matizada de verde e cinzento, o nariz de asas redondas e levemente arrebitado, a testa lisa, mas tensa, meio coberta pela franja.

Freud pinta a mulher que em breve o vai deixar, embora nenhum deles o saiba ainda. O quadro não está acabado mas é claro como as mãos e as bocas caladas, como a luz quebrada e fria de um inverno precoce. A mulher do quadro deixou o pintor há já muito tempo.

No quadro, as duas cabeças estão desproporcionadas, aberrantes em cima dos corpos magros.

Um e outro ficarão reféns daquele momento, imobilizados num cenário de quarto de hotel numa manhã tíbia, num quadro que há de decorar a sala de jantar de um advogado londrino.

Freud costuma pedir aos seus modelos que não se movam, que retomem a pose, que não desfaçam a expressão. Com a mulher loira nenhum pedido foi necessário, e por mais longas as horas assim ela haveria de permanecer, como uma defunta, pensou várias vezes o pintor, como se, na verdade, pintasse apenas a máscara fúnebre da sua mulher.

O Freud no quadro olha para o pintor fora do quadro, para si mesmo enquanto pinta, e pode ser um pedido de auxílio, um lamento, o reflexo de uma tristeza infinita.

Todas as cores do quadro são escuras e pardas, só os lábios, os olhos e os cabelos loiros da mulher.

quarto 213

Senhor e senhora Castro

– Lembras-te daquele homem muito vermelho que andava sempre a cantar? Que nunca se calava?
– Aquele baixote? Muito encarnado?
– Esse, lembras-te?
– Sim, mas não o vejo há imenso tempo.
– Deve ter morrido.
– Anda tudo a morrer…
– Bebia muito, por isso cantava.
– Tens saudades?
– De quê?
– Da vila, do homem, do pomar, das pessoas, disso tudo.
– De ser nova?
– Disso tudo…
– …
– A Rosa diz que vendemos mal a casa, que valia mais, que havia quem pagasse o dobro.
– Sabe lá ela, foi o que tinha de ser.
– A Rosa diz que somos tontos, que não podes tomar conta de mim, mesmo no hotel. Diz que o melhor era eu ir para uma casa de gente velha, e tu ias viver com ela e com os meninos.
– Não te vou deixar sozinho, já o disse e hei de repetir as vezes que forem precisas.

– E quando eu me for? Quando à porcaria das pernas se juntarem os braços e o peito e a cabeça? Que vais fazer?

– Vou para onde tu fores.

– Não digas isso, promete que vais para casa da Rosa.

– Vou contigo.

– És maluca, e como ias tu fazer isso? Tens alguma pistola? Ou veneno escondido na gaveta dos remédios?

– Se tu fores não há de ser difícil, fecho os olhos e deixo-me ir, como se adormecesse. Sabe tão bem adormecer.

– ...

– ...

– Há de lá estar o homem encarnado a cantar, bebia muito, mas era bom tipo.

– Há de lá estar o pomar e a casa e as tuas pernas.

– E vais ser a rapariga mais bonita.

– E eu a pensar que ainda era!

– A mais bonita.

QUARTO 214

Afanasy Lavrov

Debruçado sobre o tabuleiro, as duas mãos segurando a cabeça, os olhos fixos nas peças. Ao lado um caderno de apontamentos com sequências de jogadas e comentários em cirílico.

Afanasy prepara-se para o jogo de exibição que terá lugar essa tarde, um tique fá-lo pentear os cabelos de dez em dez segundos, as pernas abanam velozmente. Afanasy está nervoso.

De véspera encontrou-se com o embaixador russo na capital, jantaram juntos, beberam as duas garrafas de *vodka* que Afanasy levou de presente, falaram da pátria, da revolta húngara, dos resultados brilhantes obtidos nos jogos olímpicos, dos perigos que a União enfrenta e de como todas as ações públicas são importantes para a causa.

"As guerras mais difíceis são as que se fazem sem tiros ou mortos, porque o mundo inteiro é um campo de batalha e todos os cidadãos são soldados. Cada partida de futebol, cada concerto da orquestra sinfônica, cada avanço tecnológico, é um ato bélico que se perde ou ganha, entende, meu caro Afanasy? E mesmo os jogos amistosos não têm absolutamente nada de amistoso, sobretudo se o oponente for também ele um soldado do campo inimigo. *Na zdorovie*, meu caro Afanasy, ao seu sucesso."

O tom amistoso quase enganava Afanasy, não fosse uma última advertência quando já se despediam. "Olhe que é demasiado magro para resistir à Sibéria", e rindo encaminhou-o para a porta repetindo a ameaça.

Faltam agora duas horas para o início da partida e Afanasy luta para entender a estratégia do miúdo americano. Há qualquer coisa que lhe escapa, a aparente falta de propósito de algumas jogadas, o modo como sacrifica as peças sem que daí resulte uma vantagem clara.

No mundo do xadrez é frequente aparecerem crianças-prodígio: transportam o epíteto por alguns meses, dois ou três anos no máximo, e depois vão desaparecendo dos jornais, acabando em torneios de província, contando histórias e mostrando os recortes a quem, por bondade, as vai ouvindo.

Mas este talvez seja outro tipo de prodígio, e Afanasy penteia os cabelos e abana as pernas enquanto desenha setas e círculos no papel. Ninguém sacrifica tantas peças se puder ir parar à Sibéria, meu jovem Bobby, não é assim que se ganham guerras.

QUARTO 215

Margaret

Foi sempre o meu corpo um intervalo estreito entre tempo cumprido e tempo por cumprir. O meu corpo uma aflição, uma máquina móvel de cair em todas as direções.

Não ouço a música, não a sinto, mas vejo-a com os braços e as pernas, vejo os caminhos límpidos e curvos desenhados entre um lugar e outro, caminhos por onde vou e regresso.

Em pequena disseram-me que dançava, falaram de talento, de ritmo, de elegância, e eu sorri com esta boca que não presta para palavras.

A escola foi difícil, com muitas matérias que não me faltava entender, com os números e as letras que tinham sempre a mesma ordem, os quadrados que não se mexiam nunca, os círculos umas coisas só redondas.

Mas a caneta alegrava-me a correr o papel, fazia os "SS" com muitas outras curvas, os "DD" a quererem ser "BB" e reticências que duravam páginas inteiras.

"Quero ir para onde não há palavras", disse um dia à minha mãe, e dei voltas, saltei, falei com os dedos.

Matricularam-me numa escola de dança e, pela primeira vez, fui igual, ou quase igual. Ensinaram-me outros alfabetos, os pés assim, as mãos assim, com outras meninas e até alguns meninos.

Fui andando atrás do corpo pela vida fora, dançando em salas de espetáculo, cassinos e *cabarets*, e o pouco que entendi do mundo chegou-me pelos pés. Nunca senti que o coração estivesse ao corrente de alguma coisa, o meu coração só sabe empurrar o sangue.

Aos quarenta anos tenho já muitos mais, e a culpa é do corpo. É o mal de viver dele, de não ser mais do que membros presos a um tronco. Restam-me alguns anos a dançar em público, depois hei de passar por salas cada vez mais pequenas e insignificantes e acabar em frente do espelho, tentando o que não serei capaz, pedindo o que não me poderá dar.

Lentamente hei de morrer pelas articulações, sem fôlego que me alimente, o peso crescente a fixar-me ao chão. Há de a música chegar ao fim, lentamente, como o corpo.

QUARTO 216

Um homem em trânsito

Cola o bigode, penteia cuidadosamente os cabelos, experimenta gravatas, treina o sotaque e as frases muitas vezes.

Alcides é um nome inventado, como a data de nascimento, a carreira, o casamento e os filhos (uma menina de sete e um rapaz de treze; não, de catorze). Foi para o Brasil para ganhar dinheiro, está de passagem para tratar de assuntos (que assuntos, pensa lá, pá, que assuntos?).

Não fez a tropa porque tinha o pé chato e asma (ou só o pé, ou só a asma?). De família pobre, pouca instrução e muita vontade de trabalhar. Esteve numa serralharia até os pulmões darem de si (a limalha, os fumos, pá), cavou terras pelo Ribatejo e até chegou a cozer pão (mas de novo a merda da farinha, porque há tantos trabalhos que se nos metem pelo nariz?), acabou por Lisboa em ocupações incertas. Escolheu o Brasil porque tinha por lá um primo merceeiro, bem na vida e com muitos conhecimentos (o primo é uma boa ideia, pá).

Políticas, ele? Nada, nem sabe o que isso é… É o que eles acharem melhor, é para isso que lá estão, sabe lá ele do Estado, dos direitos e do resto, o que eles disserem está bem; haja pão, paz e um copito de vez em quando (vão pensar que és bêbado, pá, mas antes assim).

Quem? Não, não conhece. Esse também não. Nunca foi de muitas conversas nem de andar pelos cafés, não há vagar, um gajo tem de ganhar algum, não é? Isso de malteses e meliantes é gente que não interessa – ao largo, ao largo, que a vida é curta.

Os pais morreram, que Deus os guarde, ao resto da família foi perdendo o rasto. Ainda trocou algumas cartas com uns tios, mas as cartas foram-se atrasando, atrasando... A sua vida agora é por lá, aqui só para tratar de uns assuntos (que assuntos, caralho, que assuntos?).

Jornais, panfletos? Não, nada disso, mal sabe escrever e muito poucas leituras, não há tempo para frescuras, é como dizem por lá, "frescuras", como dizem no Brasil. Tipógrafo? E o que é isso? Seja ceguinho.

A ponta esquerda do bigode não se conforma e o fato é largo nos ombros, há que treinar mais um pouco. Revê mentalmente o trajeto, a mala para esconder e a outra para mostrar, olha para o relógio, rasga um papel em pedaços pequenos, pega na chave do carro.

Alcides Costa, nascido em 1915, um irmão levado pela espanhola e outro de que ninguém sabe. Os pais estão mortos, que Deus os guarde.

QUARTO 217

A MULHER QUE SOBREVIVEU

Que seja a vossa vontade, Eterno, meu Deus e Deus dos meus pais, Deus de Abraão, Deus de Isaac e Deus de Jacob, criador do mundo e de todas as gerações, que o tempo não mais me pese, que a noite não mais se alongue, que o sol não mais me cegue.

Ensinai-me a viver e levantai-me ao dia claro, porque os homens sem Deus me enterraram em vida, me levaram o que tinha e apagaram o meu nome, meu Deus, Deus dos meus pais. Ajudai-me a não esquecer os meus filhos, os seus cabelos, os dedos das suas mãos, as poucas palavras que disseram. Que eu seja sempre sua mãe, e para onde eles foram eu possa ir também.

Não esqueçais o meu marido, Pai dos meus pais, não lhe deis tormentos que ele os não merece mais do que todos os homens que são fracos e bons, Senhor, e somos todos homens fracos. Se escolheu partir foi só um dia, foi só um dia, Senhor. Velai por ele.

Perdoai-me, mas não perdoeis nunca aos homens sem Deus, não lhes perdoeis nunca, Senhor, dai-lhes em dobro e por dez, e por mil e por todo o tempo que há de vir as dores que eu recebi, o mal que me trouxeram, a raiva, a desesperança, Senhor, toda a morte antes da morte.

Conheço o inferno mais frio, Senhor meu Deus, bem o sabeis, permitiste-lo por razões que não são nossas, e sofremos pelos homens todos, por nossos pais, pelo nosso povo, pelos filhos que já não temos e pelos que outros hão de ter. Que razões foram as vossas, meu Deus, Deus dos meus pais? Que pecados tão grandes que outros tremendos vieram para nos punir? Meu Deus de Abraão, Isaac e Jacob.

Estou cansada, Senhor, estou tão cansada.

Plantai no meu peito uma vontade nova ou reduzi-o a pó de uma vez por todas, Senhor, que já há muito deixou meu coração de sentir e de amar, por não ter a quem, Senhor, porque bate sem ter sangue. Porque vertestes o meu sangue, Senhor meu Deus, para onde escorreu e quem dele se alimentará?

Dai-me pelo menos a potência de chorar outra vez, Deus Pai dos meus pais, de lavar o sal que por dentro me seca. Tenho a alma tão seca, Senhor, dai-me pelo menos a potência de chorar.

Arlindo, *maître d'hôtel*

Os detalhes são muito importantes, são até o mais importante. Pode um funcionário cair pelas escadas enquanto transporta uma travessa de lagosta desde que tenha as unhas limpas e os sapatos bem engraxados.

Identificamos os hóspedes notáveis ainda antes de fazerem o ingresso, percebe-se pelo porte, pelo modo como caminham e pelo sorriso (os hóspedes notáveis praticam um certo tipo de sorriso). As gorjetas não são tão importantes como se possa pensar, quando respeitamos um hóspede não esperamos que nos dê gorjeta, basta um aceno ou uma palavra simpática.

Registamos os seus hábitos e inclinações, as bebidas de sua eleição, se toma café ou chá, a que horas desce para o pequeno-almoço, se prefere um almoço frugal ou substancial. Um empregado competente não repete uma pergunta e deve recordar-se do *cognac*, dos charutos, da cozedura do *beef*, se o café é preto ou com leite, se a fruta, descascada ou inteira.

Um bom empregado de mesa é como um amante experimentado, que dos mais leves indícios recolhe a informação necessária e age de forma consentânea. Se o hóspede aprecia a discrição, será ele sombra e silêncio; se for do tipo convivial, deverá comentar as notícias do dia, elogiar a *toilette* e até... Enfim, cabe ao hóspede estabelecer os limites da familiaridade.

Houve o caso de um diplomata francês que passava os três meses de verão aqui no hotel e muitos outros dias durante o resto do ano. Em quase duas décadas ninguém lhe ouviu uma palavra e, no entanto, foi sempre servido com a mais perfeita correção. Ao morrer deixou parte das pinturas e das tapeçarias ao hotel, estão expostas no segundo piso. Diz-se também de uma senhora americana (com fortuna crescida na Primeira Guerra) que trocou o marido por um dos nossos empregados, mas isso foi antes do meu tempo e não gosto que me acusem de fabulices.

Casos há muitos, não são segredo de quem cá anda, homens fugidos e nunca denunciados, judeus refugiados (um certo tipo de judeus, entenda-se), alguns desvios sensuais, políticos que disseram mais do que seria desejável, mulheres de toda a ordem, de toda a ordem mesmo.

Um hotel é um mundo pequeno feito à imagem do outro maior. Nós garantimos que a escala permaneça justa, sem nada aumentar ou reduzir. Não nos peçam para corrigir o que vai torto ou torcer o que anda certo. Servimos os nossos hóspedes e damos-lhes a importância que merecem, ou que podem pagar. O resto pertence à justiça ou à igreja, não somos juízes nem padres. Somos artífices do detalhe e da memória, e não nos peçam mais.

2015

QUARTO 301

Gonçalo

Frases e imagens percorrem a cabeça de Gonçalo, um enxame de dores perfurantes, de tantas palavras ingênuas, ternas até, sim, de muitas promessas ternas. O início durou anos e o fim apenas meia hora. "Sabes, Gonçalo?"

Mas ele não sabia, não sabia de nada.

Tanto tempo a amar em contramão, como um velho de vista cansada e juízo turvo, ignorando as luzes em sentido contrário, ignorando a realidade. Mas há tantas realidades, porque haveria ela de escolher a que menos lhe convinha?

"Não é culpa tua nem minha, não há culpas nisto, percebes?"

O caralhinho! Há culpas a dar com um pau, culpas antigas, mesquinhas, quotidianas, culpas matinais de café com leite, de serões longos deitados no sofá, culpas que se podiam evitar, culpas que "foda-se!", culpas de pijama e *lingerie* barata, culpas de "meu amorzinho", de "amas-me, não amas?", de comer e cuspir, de asco, de risinhos e "". Como não há culpas? Então e eu, e nós, e nós, caralho?

Não penses nisso agora, Gonçalo, não penses, não penses.

Estava eu a amar tão bem, sozinho, mas tão bem. "Não é culpa tua…"

A vida, não é? As expectativas, não é? Porra para a vida e para as expectativas, aguentasses como os outros, achas que os outros não têm expectativas? Têm pois, mas aguentam, amam com os dentes trincados, vão ao cinema e menos mal, têm filhos e menos mal, sonham com o vizinho do terceiro direito e menos mal.

És mais do que a gente, não é? Não te chega o que contenta, não é?

"Sabes, talvez seja melhor para ambos…"

Puta, filha da puta, neta de um cabaz de putas! Não sabes nada de amar, não prestas, não prestas, nunca vais encontrar o que não existe. Vê telenovelas até o cérebro te apodrecer, compra todas as revistas, viaja até à Índia, ao Brasil, à Austrália, és melhor do lado de lá? Hão de querer-te por quanto dura um dia, hão de lembrar-te enquanto a noite durar.

E eu que pedi um empréstimo.

Vou inscrever-me no ginásio, compro um Porsche e dois quilos de cocaína, achas que não consigo? Vou fazer depilação a *laser* e engatar uma miúda sem celulite, eu que te amava a celulite. Foda-se! Eu que amava isso tudo.

Podias esperar pela última noite, temos a estadia paga, sabes? Gostavas de mim só mais um bocadinho… A sauna e o banho turco incluídos no pacote, sabias? Gostavas de mim só mais um bocadinho.

QUARTO 302

Pascoal, Isabel, Mário

São nove e meia da manhã. O dia nasceu encoberto, frio, úmido e lento.

Pascoal foi o primeiro a acordar graças a um pesadelo que lhe causou mais estranheza do que medo. Olhou para a mulher, deitada a seu lado, e para Mário, na outra ponta da cama.

Tentou, com esforço, reconstituir o que acontecera, o movimento desregrado dos corpos, os espasmos, a transformação das vontades em gestos e das palavras em silêncio.

Sorriu e desfez o sorriso, depois voltou a experimentá-lo. Isabel dormia ainda e apeteceu-lhe beijá-la no que haveria de ser um misto de paixão e resgaste. Mas não beijou.

Estes instantes são mais longos do que todas as noites, lentos como o dia, cegos como um sol.

Mário acorda também com a cabeça pesada de álcool e outras drogas. Demora um pouco a aperceber-se de onde está, não reconhece a cor das paredes ou a árvore que vê através da janela. De repente, uma corrente de ar leva-lhe o cheiro de corpos alheios, um enjoo fundo de aromas doces e pungentes, um cheiro que o revolta e excita.

Do casal só conhece os corpos, a voz e dois nomes que provavelmente são falsos. Em breve há de a memória juntar estes a outros desconhecidos, embrulhá-los em ideias de pernas mais ou menos brancas, com e sem pelos, de lábios carnudos ou finos, mãos esguias ou inchadas.

O pouco que vai conhecendo de cada homem e de cada mulher é compensado pelo muito que tem aprendido sobre a humanidade. De como os homens que se deitam de noite não são os mesmos que acordam de manhã; de como, por amor, se pode dar um fim ao amor; das mulheres que só existem da pele para dentro e que olham para o mundo como se ficasse para lá de uma fronteira.

Da raiva, da sofreguidão, da doença, do abismo, do mal, da solidão que são os homens.

Isabel demorou a adormecer, só quando o céu se avermelhava já de madrugada se deixou apagar, levada por ideias impossíveis para uma cabeça tão cansada.

Antes de adormecer teve ainda tempo de sentir-se trancada entre os dois homens, como se um lhe fechasse a vida que tinha e o outro a que podia ter tido.

QUARTO 303

Ricardo

Sentado à secretária em frente ao cursor do computador portátil, que pisca impaciente e vai pedindo ideias, palavras, histórias. Os dedos fazem o que podem, mas não há acerto entre o que se lê e o que foi pensado. As ideias têm dimensões que se achatam no ecrã, percursos impossíveis de reproduzir, como a fotografia de um pêndulo que não sabemos se está a descer ou a subir.

Apenas o autor pode chegar às ideias através das palavras, e mesmo ele só retém a faculdade enquanto a memória o permitir. Um mês, um ano, e perde-se o sentido primeiro, o livro efêmero que existiu antes do texto.

Ricardo escreve estas palavras de ideias ainda frescas e depois para, e distrai-se a pensar no que o levou até elas. As frases ditas e mal entendidas da véspera, uma discussão rara e definitiva que pôs fim a qualquer possibilidade de conversa, por mais precária ou ilusória. Não foi um desacerto de palavras, mas de falantes, dois pugilistas que falam do amor mútuo enquanto estudam onde aplicar um soco. A conversa uma parte acessória da contenda, usada como logro ou esquiva, enquanto os corpos se travavam de razões.

Ricardo escreve, procurando corrigir um falhanço com outro maior. O amor falido convertido em conto, tentando angariar a simpatia e a compaixão dos leitores. Mas os leitores têm mais com que se preocupar, outras lutas, outras dores maiores e mais próximas. A suspeita é insuportável na arte como na paixão, o autor deve empurrar o sentido para lá do texto, e não puxá-lo para si.

Todas as obras de arte são melhores ou piores do que o artista, mais profundas ou frívolas, mas nunca iguais. Alguns poucos homens são melhores do que tudo o que possam produzir, a grande maioria é inferior.
A literatura é a mais horrenda das artes, porque é feita da mesma matéria com que falamos e nos enganamos a nós e aos outros. "Quero-a", "quero-te", "podes confiar em mim". Lemos o que queremos ou precisamos de ler, lemos como amamos e caímos.

O telemóvel toca e Ricardo atende-o depois de salvar o ficheiro. Enquanto fala vai-se-lhe alterando o semblante, caminha pelo quarto, gesticula, ouve e consente. Despede-se com um "até logo", sorri, desliga. Regressa à secretária, lê algumas linhas do texto e apaga o ficheiro.

QUARTO 304

Alice

As duas malas abertas lado a lado, roupa de inverno misturada com outra de verão, sapatos, sandálias, alguns livros, uma fotografia a preto e branco, um CD, as lentes de contacto, diversos artigos de higiene espalhados ao acaso, uma pequena caixa de madeira, alguns envelopes, um computador portátil.

As coisas essenciais, apenas as coisas essenciais.

São onze e meia.

Alice pega na fotografia e limpa com a manga da camisola o pó que não existe. Pousa-a na mesa de cabeceira. Retira os vestidos um por um e dobra-os em cima da cama. Os sapatos emparelhados e novamente arrumados, os batons, os lápis, o *rimmel* e o *blush* guardados num saco de plástico que encontrou no armário (Palace Hotel ****).

A caixa de madeira: um anel de prata brilhante, um alfinete de peito com uma pedra escarlate, dois brincos de filigrana escurecida. Coloca os brincos nas orelhas e vai até ao espelho. Prende o cabelo, vai buscar a base e aplica-a sobre a nódoa negra do lado direito do rosto. Os olhos umedecem-se, mas nenhuma lágrima. Solta de novo o cabelo e tenta penteá-lo de forma a encobrir a mancha, pinta os lábios com um batom cor-de-rosa pálido.

Nenhuma lágrima.

Uma nova mensagem no telemóvel: "A caminho, dez min e estou aí." São onze e trinta e cinco.

Despe a camisola e as calças de ganga e põe um vestido azul, sapatos da mesma cor. Volta a colocar tudo dentro das malas, a fotografia por cima. Pega no telemóvel e chama um número recém-marcado, "Ritinha", ao segundo toque a chamada é rejeitada, de novo tenta a chamada, de novo é rejeitada.

Nenhuma lágrima.

Levanta-se e vai até à janela de onde se vê o portão de ferro do hotel. São onze e quarenta.

para "Podes descer." Um último olhar ao espelho, um sorriso que teima em não aparecer.

As coisas essenciais, Alice, nem lágrimas nem sorrisos.

QUARTO 305

Um televisor

No ecrã vê-se o quarto 305: uma cama *king size* com quatro almofadas e uma colcha castanha, uma pintura abstrata em tons de cinzento, um candeeiro de vidro de Murano, duas mesinhas de cabeceira com os respectivos *abat-jours*, uma mala de viagem aberta no chão, uma cadeira onde estão pendurados um par de calças escuras e uma camisa branca.

No canto inferior direito do ecrã, um relógio regista os minutos e os segundos decorridos desde o início da gravação. A imagem permanece inalterada até aos três minutos e trinta e dois segundos, depois surge um homem encorpado com o rosto escondido por uma meia de *nylon* que empurra outro homem, baixo e franzino, a cabeça tapada por um capuz negro, as mãos amarradas atrás das costas.

O homem encorpado (chamemos-lhe David) saca o capuz do homem franzino (chamemos-lhe Romão) e veem-se-lhe os olhos assustados, o cabelo fino ensarilhado, a boca repuxada por uma mordaça, os lábios movendo-se inutilmente.

David leva a mão direita atrás das costas e revela uma pistola, ri e fala para a câmara. Encosta a pistola à têmpora esquerda de Romão, empurra-lhe a cabeça com o cano da arma, e depois aponta-a aos genitais. Romão encolhe-se e roda o corpo tentando proteger-se, David agarra-o pelo colarinho e desfere um golpe seco com o punho da arma no abdômen de Romão.

Levanta-o do chão, esbofeteia-o e diz-lhe para não ser parvo. "Queres viver, meu cabrão? Queres voltar a ver a puta da tua mulher e os bastardos dos teus filhos? Queres, cabrão?" Nova bofetada, Romão chora e geme.

David apoia as duas mãos nos ombros de Romão e obriga-o a ajoelhar-se calcando-o atrás dos joelhos. Agarra os cabelos e abana-lhe a cabeça, insulta-o, fala para a câmara, insulta-o de novo.

Pousa a pistola em cima da cama e vai ao bolso buscar uma navalha, que abre com o pulsar de um botão. Encosta a parte cega da lâmina ao pescoço de Romão e puxa lentamente, sempre olhando para a câmara. De repente dobra a orelha com a mão esquerda e corta a parte superior num movimento rápido e contínuo.

O sangue escorre e ensopa a camisa de Romão, os olhos fechados tremem, cai sobre o flanco e encolhe as pernas com a dor. David apresenta o pedaço da orelha, vê-se-lhe a boca aberta atrás da meia, pontapeia Romão no rabo e nas costelas.

Sai do plano e regressa com uma folha de papel pardo que usa para embrulhar o pedaço de orelha. Remata o embrulho com fita-cola e pousa-o na cama.

Aproxima-se da câmara, levanta a parte inferior da meia, descobrindo a boca, e diz lentamente: "Cem mil euros, cem mil euros em notas. Se falares com alguém vais receber o corno do teu marido em pedaços, ouviste? Ouviste bem? Cem mil euros. Tens o resto das instruções debaixo do banco do carro, não fales com ninguém nem me faças esperar muito, Susaninha."

Os dois homens desaparecem do ecrã, durante o resto do tempo ver-se-á apenas a cama e, em cima, um embrulho de papel pardo.

Susana para a reprodução do vídeo, pega no embrulho, mas não tem coragem de o abrir. Sai do quarto, desce as escadas e abandona o hotel. Entra no carro. Procura debaixo do assento e encontra um envelope, acelera, liga o rádio e lança o envelope pela janela do carro. "Cem mil euros… Nem que te fodas."

QUARTO 306

Alfredo

Alivia o nó da gravata, descalça os sapatos, desaperta o cinto e senta-se na cama. Leva a mão ao bolso da camisa e lê, distraído, os cartões que lhe foram oferecidos: *Rodrigo Pimentel, comércio de brinquedos e jogos electrónicos; Laura Mendes, artesanato; Ricardo Sá, distribuição e retalho; Teresa Coimbra, próteses e cabeleiras* (um número de telefone manuscrito no verso).

Despe-se, vai até à casa de banho, tapa o ralo da banheira e abre a torneira da água quente. Pega no telemóvel e escolhe algumas músicas que põe em fila: Mozart, Vivaldi, Händel.

De dentro da mala de viagem retira uma boneca com pouco mais de cinquenta centímetros, os cabelos loiros, o corpo feito de um plástico de boa qualidade, branca como papel, olhos azuis, pestanas longas e regulares, veste um quimono escarlate debruado a azul-celeste, as unhas pintadas da mesma cor.

Leva-a até à casa de banho e senta-a, virada para si, num banco ao lado da banheira. Imerge um pé e depois o outro na água muito quente, desce o corpo com lentidão até este ficar coberto, apenas a cabeça de fora, olhando para a boneca.

– Cansam-me estas reuniões, tentam comprar-me com sorrisos, álcool e charutos. Mas sabes bem que eu não… Aninhas, aguento-os como se sustivesse a respiração, só mais um pouco, só mais uns segundos. E falam, Aninhas, falam tanto… "A nossa empresa está representada em mais de vinte países, no Médio Oriente e na América do Sul… os nossos clientes reconhecem a qualidade e pagam por ela…", um horror, Aninhas, nem podes imaginar, insistem, sabes? Insistem como crianças, "Dê-nos os seus números e verá que não o vamos desiludir, se quiser digo--lhe o nome de alguns dos nossos clientes, mas tem de prometer sigilo…". Crianças, Aninhas, mas que sabem eles? Não sabem nada, nada de nada.

Ergue o tronco, estica os dedos e afaga o pé da boneca. Cantarola um trecho de uma sonata, continua.

– Não consigo explicar, bem tento, mas não sou capaz. Digo--lhes que prefiro conhecer pessoalmente os clientes, que muitos eram já amigos, e outros se tornaram, que preciso de conhecer--lhes a história, que não sou uma máquina. Tu entendes, não entendes, Aninhas? São as tuas irmãs, as tuas manas… Imagina, um *sheik* das arábias… As tuas irmãs, imaginas, Aninhas?

Deita-se, olha para o tecto, balbucia algumas palavras e permanece alguns minutos em silêncio.

– A senhora pareceu-me diferente, mostrou-me fotografias e falou do marido. Não sei. Os cabelos tão finos que me lembraram… Enfim, não eram tão bonitos, mas vistos ao longe… Que me dizes, Aninhas? Que me diz a minha menina?

QUARTO 307

João de Deus

Se quinasses amanhã era um favor que fazias, Joãozinho. Já deste as tuas gaitadas, mordeste algumas maminhas, albergaste diversa e excepcional bicharada na tomateira. E lá te foste aguentando.

Que mais querem eles? Filhos não tiveste, graças a Deus que te deu leitinho ralo, dívidas, muitas, mas quem as não tem? Levas os dentes todos na boca e pode ser que ainda te rias.

Não foi muito mal passado, afinal, umas dorzitas aqui e ali, algumas amofinações, pois claro, mas nada que te roubasse o sono. Dormiste sempre o sono dos justos, ladrão que rouba a ladrão…

A morte não pode ser tão má, tens mais parceiros por lá do que aqui, não te há de faltar companhia para um copito de tinto e uma bisca de nove. Nem tudo são choros e ranger de dentes, João de Deus, e se o senhor te deu o nome bem pode ser teu padrinho.

Amanhã até calhava bem, mas só depois do almoço, que vão servir cabrito. *Agnus Dei, Agnus Dei,* leva-me os pecados, mas não me dês azia. Uns grelinhos e batatas novas, uma peça de fruta e ala que se faz tarde. Café, nem pensar, que te pode avariar o sono.

Se foi isto um baile já se acabou a música, e só os tontos e os bêbados ainda dançam. As meninas foram-se deitar, a orquestra arrumou a ferramenta, e o João vai dar de frosques. Beijinhos, beijinhos, passem depois lá por casa.

O quarto não é mau, um pouco carote, mas há de ficar na conta. A criada afinou comigo, "ó homem, mais juízo, que já não tem idade para essas coisas", pobrezinha, mas boa rapariga e trabalhadeira. Belos peititos. "E não volte a queimar os lençóis com a ponta do cigarro", mas é a ponta que me sobra, menina, assopre-lhe, pode ser que se apague. Pobrezinha.

É uma bonita paisagem, sim, senhora, se não estivesse tanto frio... Podia morrer na serra, mas falta-me o físico para aventuras. Na cama também é digno, mando chamar o doutor e deixo as minhas últimas palavras: "Fodei-vos uns aos outros que a mim não me fodeis mais."

Acabou-se a música, o vinho e o tesão, venham buscar-me que já estou aqui de sobra. *O cito, cito currite, noctis equi,* que o João vai a galope.

quarto 308

Professor Ricardo e Margarida

– Gostaste do jantar?

– Estava bom, sim, mas não tinha muita fome.

– E do vinho? Bebes mais um pouco?

– Queres embebedar-me? Não é preciso, o quarto só tem uma cama, tens medo de que fuja?

– Posso sempre pedir outra cama, se achares melhor… Mas esta dá bem para dois.

– Quantas alunas já fodeste neste hotel?

– Muitas, ou nenhuma, o que preferes?

– Não me abala o pífaro, és tu o professor de ética, se a ti não te faz diferença…

– "Mas não façais conforme as suas obras; porque dizem e não praticam."

– Aristóteles?

– Quase. Mateus, capítulo vinte e três, versículo três.

– *Hmmm*, que coisa tão *sexy*, a bíblia na ponta da língua, que órgão abençoado, sôtor!

– Dão-te tusa as palavras? E que mais?

– Queres que diga homens mais velhos? Ou intelectuais? Preferes que minta para cima ou para baixo? Ainda não estou acostumada à tua ética pessoal.

– A minha ética também aceita verdades, desde que não abuses…

— Dá-me tusa que continues a tentar ser inteligente, pelo menos o suficiente para impressionar uma miúda, dá-me tusa que aches que isso importa, dá-me tusa esta coisa toda, que os nossos papéis estejam tão bem definidos e possamos foder como quem recita um papel.
— Mais pelo teatro do que pelo sexo, é isso?
— A cama é um palco deitado.
— Vais escrever isso num poema?
— Não escrevo poemas, lamento, mas vou fodendo.
— E escolhes as personagens ou o drama?
— Escolho o que bem me apetecer, também danço, e canto, depende da noite, e do vinho.
— Talvez me devesse ter dedicado à estética, mas sei bater palmas e pedir encores.
— Ai, mas eu faço-me rogada…
— Sempre?
— Sempre.
— Mais um pouco de vinho?
— Só se me recitares o *Cântico dos Cânticos*, da Bíblia as partes marotas.
— "Beije-me ele com os beijos da sua boca; porque é melhor o teu amor do que o teu vinho."
— Isso é o que tu pensas! Mas comecemos pelo vinho, o resto logo se vê.

QUARTO 309

A FILMAGEM

Filipe está de pé ao lado da câmara, segura um bloco de notas e aponta com um lápis em várias direções enquanto dá instruções ao resto da equipa. Mais luz ali, afastem a cadeira para a esquerda, a colcha mais franzida, o plano deve apanhar-lhes os pés.

A assistente de realização vai circundando a cama tentando cumprir as ordens de Filipe, os mesmos objetos são removidos e reposicionados sucessivamente, a cortina fechada, aberta, entreaberta, fechada de novo, os candeeiros e os quadros trocados vários vezes.

O operador de câmara e o responsável pela iluminação fizeram já os últimos ajustes e acenam mostrando estar prontos.

Filipe dá as últimas indicações aos atores, usa as mãos para lhes dizer como se devem movimentar, recorda-lhes a história e o estado de espírito em que cada personagem se encontra. Rui e Paula dizem que sim.

Uns segundos de silêncio e a claquete dá o sinal.

Rui e Paula abraçam-se, beijam-se e vão descendo lentamente para a cama.

No filme são um casal adúltero que acabou de se conhecer, a mulher dele está em casa a cem quilômetros de distância, o marido dela está a assistir a uma sessão de um congresso de gestores que decorre no salão do hotel.

Antes e depois do filme são casados um com o outro, e esta é a primeira vez que contracenam.

Filipe interrompe a gravação. Diz-lhes que não quer nada daquilo, que parecem um casal que está junto há quinze anos (na verdade são um casal que está junto há doze anos), quer que demonstrem maior intensidade, que os olhos transmitam culpa e paixão, culpa e paixão, pede-lhes Filipe.

Retomam posições, acenos, silêncio, a claquete.

Rui e Paula abraçam-se, beijam-se e vão descendo lentamente para a cama. Um e outro tentam recordar a noite em que se conheceram, ainda Paula namorava com um colega do conservatório e Rui tentava terminar uma relação doentia mas persistente. Encontraram-se na festa de aniversário de um amigo comum e falaram durante horas, depois ele convidou-a a ir até casa dele, e ela aceitou.

Filipe interrompe novamente a gravação. "Um pouco melhor", diz, "mas ainda não está bem". "Culpa e paixão", repete, "dois adultos que estão a arriscar tudo e não sabem a razão, não o conseguem evitar, simplesmente não o conseguem evitar". Outra vez!

Posições, acenos, silêncio, claquete.

Rui e Paula abraçam-se, beijam-se e vão descendo lentamente para a cama. Ela pensa em Maurício, um escultor que conheceu há dois meses num *vernissage* e que a convidou para posar nua para um novo trabalho. Ele pensa em Marta, uma empregada de bar com vinte e poucos anos e um corpo cheio de virtude.

QUARTO 310

Rita, camareira

Se amor é isto. Se amor nódoas escuras e amarelas, se amor cheiros nojosos e vinho entornado, cigarros apagados na chávena, papéis amarrotados, os lençóis revolvidos e lançados fora, amor um animal danado.

Nojo ou inveja, Rita? Do que não sabes é melhor não falares, nem pensar, nem adivinhar uma coisa grande por tão pouco.

O amor dos livros e das novelas é mais asseado, de roupas lindas, e anéis e pulseiras, pequeno-almoço na cama, palavras muito bem ditas. Um amor como deve de ser.

Mas a gente não vê tudo, pode bem ser a mesma imundice.

Não sejas parva, Rita, não te baralhes das ideias. Já aspiraste daquela banda? E debaixo da cama? E as fronhas, onde estão?

Os amores confundem a gente, é o que é. Mesmo que sejam dos outros. Tu não te deixes atoleimar, Rita, deixa para quem pode e tem vontade. Serve-te para alguma coisa essa porcaria?

Bem queria o Gustavo… Falinhas e cafés… Que eu era tão bonita… Ai, Tavinho, querias festas e ribaldaria, não era? E nem o café me pagastes, sou linda como as outras todas, não é? Linda como a puta da Carla, que assim que fez madeixas começou a empinar o cu e a achar que o sol nascia por entre as pernas. Vai lá fazer amor com ela, que eu não tenho vagar.

Não te esqueças de mudar os rolos de papel e os sabonetes e o champó.

Beijinhos está bem, mas os homens parece que têm um bicho a trepar por eles, e as mãos logo por aqui acima, a apertar, a apertar... Não me afoguem, porra! Devagarinho está bem, aos beijos, como nas novelas.

Saíram já passava das onze. Tão compostos um como o outro, quem soubesse... Uma senhora assim, tão delicada, tão direita e bem-vestida.

O amor é bem coisa do avesso, do lado de lá da gente.

QUARTO 311

O QUÍMICO

As benzodiazepinas são um grupo de fármacos psicoativos cuja estrutura química resulta da fusão de um anel de benzeno e um anel de diazepina. Estes compostos atuam sobre o sistema nervoso central e produzem efeitos sedativos, hipnóticos, ansiolíticos, anticonvulsivos e de relaxamento muscular. São utilizados no tratamento de insônias, ansiedade, convulsões, epilepsia e na desabituação alcoólica.

As overdoses por mera ingestão de benzodiazepinas não costumam levar à morte, contudo, a ingestão de grandes quantidades deste composto aliada ao consumo de álcool é particularmente perigosa e pode resultar em coma ou morte. Os principais sintomas de uma overdose *(que costuma ocorrer num intervalo de quatro horas após a ingestão) incluem: depressão do sistema nervoso central, perda de equilíbrio, sonolência, falta de coordenação muscular e voz arrastada.*

Há exatamente um ano Valentina faltou ao trabalho invocando uma febre que anunciava gripe. A meio da tarde passou pela farmácia onde lhe aviaram duas caixas de Alprazolam de dois miligramas (para as quais possuía receita), num total de sessenta comprimidos (cento e vinte miligramas).

Passou depois pela loja dos paquistaneses e comprou duas garrafas de *vodka* (*Moskovskaya*, sua preferida), um maço de tabaco e maçãs verdes (irrelevantes para o caso).

Saiu da cidade e veio até este hotel onde a sua firma tem conta aberta, deram-lhe a chave do quarto 311. Às sete e trinta e nove, ligou para a recepção e pediu que lhe levassem o jantar (*risotto* de cogumelos), fumou três cigarros e escutou no computador uma gravação de *L'elisir d'amore* de Donizetti (Gabriele Ferro, 1986, com Barbara Bonney e Gösta Winberg).

Enquanto enchia a banheira com água quente ingeriu as duas caixas de comprimidos e bebeu três quartos de uma das garrafas de *vodka*. Despiu-se e entrou na banheira, de onde já não saiu.

Encontraram-lhe água nos pulmões, mas o diagnóstico foi de paragem cardíaca. Segundo o médico que fez a autópsia, o óbito ter-se-á dado entre onze horas e meia-noite.

Não deixou um bilhete, nenhuma explicação.

Lá na empresa tiveram o cuidado de sugerir-me que mudasse de divisão, que deixasse o controlo de qualidade e assumisse funções administrativas. Declinei. Gosto do meu trabalho e faço-o bem. Não sou responsável pelas a

QUARTO 312

Filipa

Pousou a carteira e a pasta da conferência, despiu o casaco, descalçou os sapatos e lançou-se para cima da cama. Ajeitou as almofadas, pegou no comando e ligou o televisor.

Passou primeiro pelos canais genéricos: um noticiário (guerra, protestos, um assalto à mão armada, aumento de impostos), um documentário sobre a apanha dos percebes, um concurso de talentos com adolescentes histéricos e um júri faceto, um *reality show* em que alguns casais dançavam coisas africanas em trajes menores.

Passou depois aos canais temáticos: programas para mulheres com cenários cor-de-rosa e conselhos para emagrecer (sem dor, sem deixar de comer, sem fazer exercício, sem…), decoração de interiores e reabilitação imobiliária, viagens e turismo, culinária e restaurantes *gourmet* (com muitos *hmmms* e *ahhhs*), desenhos animados feitos por jovens adultos dependentes de cocaína e de outras drogas capazes de alterar a noção de realidade, programas de natureza, mais programas de natureza, documentários históricos (da civilização maia aos carros desportivos das estrelas de Hollywood), moda, música clássica, música *pop*, música mais ou menos, séries de assassinos em série, séries de vampiros, séries de *zombies*, séries de adolescentes americanos com muita graça e *joie de vivre*, canais desportivos (futebol, basquetebol, vela, golfe, matraquilhos), filmes que toda a gente já viu e prefere não voltar a ver, o canal Parlamento e, finalmente, devidamente codificados, os canais pornô em que se ouvem apenas gemidos e gritos de prazer.

    Deprimida e pronta para desligar o aparelho, Filipa decidiu voltar ao início, não fosse às vezes... O noticiário tinha terminado e dado lugar a um longo intervalo publicitário cheio de vantagens e facilidades. O documentário prosseguia, tenso e excitante como a própria apanha dos percebes, o concurso de talentos aproximava-se do final, notava-se pelo discurso enfático de um artista de variedades a quem a voz se embargara havia já algumas décadas. Passou então ao *reality show*, preparada para uma experiência de vergonha alheia que a convidasse ao sono.

    No ecrã um rosto isolado, nenhum rumor, nenhuma música ou corpos musculados aos pinotes. Apenas uma rapariga demasiado maquilhada, loura, com as mãos à frente da boca num silêncio absoluto.

    Filipa fixou-a como se estivesse à sua frente no quarto, segundos, um ou dois minutos, até ao incômodo. Nenhuma a. Experimentou mover-se e o olhar acompanhava-a para onde fosse. Sentiu uma espécie de náusea, pensou em desligar o televisor, mas não teve coragem. Disse-lhe adeus com a mão, e a rapariga loura retribuiu o gesto.

QUARTO 313

Amadeu

Durante a tarde infiltrou-se no 314 pela varanda contígua. Tirou algumas fotos, examinou os conteúdos da mala de viagem e espreitou o cesto dos papéis. Instalou uma câmara no candeeiro e um microfone atrás do espelho. Limpou com um lenço de pano todas as impressões digitais e regressou aos seus aposentos.

Pediu que lhe servissem o jantar no quarto e, enquanto esperava, foi lendo um policial de um autor francês – mulheres perdidas, homens perdidos, a ganância e a inveja como pretextos para os crimes. Demasiado moralista, mas bem escrito. Se lhe perguntassem quais os verdadeiros motivos, não saberia dizer, mesmo com dez anos de ofício, não saberia dizer. A estupidez, talvez? Qualquer coisa pouco definível, uma fragilidade à espera da circunstância, a propensão para o abismo, o tédio, a vida inteira como ela é. Demasiado existencialista, mas correto.

Serviu-se de vinho tinto, bebeu um copo e depois outro. Esperou.

Por volta das onze e quarenta ouviu algumas pancadas na porta do 314. O som de saltos altos, a porta a abrir-se e a fechar-se. Uma voz masculina, remoques, anedotas, piropos. Beijos e risos. Ligou o monitor e ficou a observar.

Ele tinha corpo de culturista, desproporcionado para qualquer desporto, mas impactante. Camisa azul-eléctrico, calças justas, sapatos pontiagudos; ela como a conhecia, elegante, discreta em tudo menos na cor dos lábios e das unhas, um lobo com pele de cordeiro.

Dançaram um pouco ao som do telemóvel (o gosto musical condicente com a camisa e o resto), beijaram-se, aferiram os corpos um do outro e em pouco tempo estavam nus na cama.

Gemeram (ele mais do que ela), experimentaram diversas posições, usaram três preservativos. A meio uma pausa para cheirar coca e outra para ir à casa de banho, o final foi decepcionante, de sono e desistência.

Gravou o ficheiro no computador, bebeu um último copo de vinho e adormeceu com a satisfação do dever cumprido.

De manhã desceu ao salão e sentou-se a uma mesa de onde pudesse observar sem ser visto. Antes de chegar ao final do livro, viu-a chegar. Ela serviu-se de pouca coisa, duas rodelas de ananás, café, e sentou-se a ler um livro de capa colorida. Ele chegou pouco depois, o cabelo bem penteado, uma camisola justa, à procura, mas fingindo não procurar. Simularam um encontro casual e ficaram sentados à conversa, sorrindo por detrás das mãos.

Era o momento crítico, de todos o mais revelador. Amadeu tirou notas e fotografou-os com o telemóvel.

"Não me importa que ela foda com outro, todos fodemos com outros, mas não admito paixões ou namoriscos. Já temos idade para ter juízo, não acha?"

E Amadeu disse-lhe que sim, estipulou um preço e disse que sim.

QUARTO 314

Amanda

Não sou uma pessoa interessante, muito menos alguém especial (não somos todos especiais, ao contrário do que afirmam certos livros).

Não tenho nenhum talento, não sou particularmente inteligente, estudei o que pude sem grandes louvores ou repreensões. Nunca demonstrei quaisquer propensões artísticas ou desportivas, não gosto de ler, não tenho vícios, manias ou taras.

Gosto de ver televisão, falar longamente ao telefone com algumas amigas, passear pelo parque, ir à praia, conhecer destinos mais ou menos exóticos (com palmeiras, mas sem animais venenosos), de comprar roupas e sapatos, de dançar e fazer pilates, decorar a casa e tratar do jardim.

A minha vida é tão parecida com as que se veem nas telenovelas que até me parecem documentários, em todas elas existe a figura do homem rico e poderoso casado com uma mulher bonita e desinteressante, pois eu sou precisamente essa mulher.

Conheci o meu marido durante os anos de faculdade, ele tentava despachar o curso para tomar conta dos negócios da família enquanto eu me divertia e procurava um marido. Um tipo rico e bem-parecido, que me dispensasse de pensar muito e me permitisse o nível de vida que eu desejava. Assim foi, sem grandes sobressaltos. Eu era a rapariga mais bonita e o Jorge o tipo de homem que se casa com a rapariga mais bonita.

Tivemos dois filhos, um menino e uma menina para os quais nem sempre tenho paciência. Também me falta o talento para ser mãe.

Ao Henrique, conheci-o no ginásio (como nas telenovelas) e começamos a conversar muito e a trocar as músicas que costumávamos ouvir. Perguntou-me se eu gostava de dançar e inscrevemo-nos juntos nas danças latinas. O Henrique também não é inteligente, mas é simpático, dança bem e tem corpo de modelo de roupa interior.

Chegamos ao hotel separadamente e encontramo-nos por acaso durante o jantar, exatamente às oito e meia. Eu convido-o a sentar-se à minha mesa e namoramos um pouco, fingindo ser apenas amigos. Depois do café vai cada um para seu quarto. Às onze e quarenta ele bate-me à porta, e eu deixo-o entrar.

O Henrique é solteiro e sei que tem outras amigas. Não gosto, mas não lhe posso exigir nada.

Não me envergonho do que sou, nem da vida que levo, faço o que posso com o que tenho e, de resto, sempre gostei de telenovelas.

QUARTO 315

Thomas e Oscar

Enquanto o pai dorme, Oscar levanta-se sem fazer ruído, espreita a chuva pela janela, encosta o nariz ao vidro frio e expira pela boca para que fique embaciado. Escreve o seu nome com a ponta do dedo e depois apaga-o, volta a embaciar o vidro e escreve o nome do pai. Apaga-o, volta a soprar e escreve o nome da mãe, Gabrielle.

O pai deve ter adormecido tarde, Oscar viu-o levar um livro para a cama e começar a lê-lo, deixou-o aberto na mesinha de cabeceira e vai quase a meio. Caminha até lá nas pontas dos pés e lê o título: *O teu nome loucamente*. Não percebe o que quer dizer, mas gosta do desenho da capa – um cavalo de carrossel, branco, vermelho e verde, como viu uma vez em Paris.

Era muito pequeno, mas guarda algumas recordações dessa viagem: o pai a cantar enquanto conduzia pela autoestrada, a mãe a rir-se e a fazer perguntas difíceis para passar o tempo, um quarto de hotel pequeno de onde se viam as luzes coloridas na rua, um museu com quadros engraçados e outros feios, a mãe a experimentar chapéus numa loja. "Foi uma viagem bonita", pensa Oscar, e sente um aperto onde deve estar o coração.

Tem fome, mas no quarto não há nada que se coma, e não quer acordar o pai. Senta-se no chão à frente da janela e faz de conta que os dedos são um *croissant* com geleia de framboesa, morde as pontas dos dedos e mastiga devagarinho, para que não se acabe num instante.

O pai faz uns barulhos esquisitos e volta-se para a parede. "Deve ser um sonho", pensa Oscar, e lembra-se de que também teve um, havia um carro azul, um cão com um chapéu e uma menina muito chata que não se calava. Devia ser a Julie, e não se lembra de mais nada.

Apetece-lhe ligar o televisor para ver os desenhos animados, mas não encontra o comando. Deve estar metido na cama.

Esta viagem também é boa, mas a outra foi melhor. Não entende o que as pessoas dizem porque falam outra língua e não há carrosséis nem museus. Gostou de ver os coelhos e os veados, mas o pai estava chateado ao telefone e ele não se quis mostrar alegre.

O pai resmunga e volta-se para a janela.

– Dormiste bem?

Oscar encolhe os ombros.

– Mais ou menos, dormi assim-assim.

– Deves estar com fome – diz-lhe o pai.

De novo os ombros encolhidos.

– Sonhaste com a mamã? Ela disse onde estava? – pergunta Oscar.

O pai sorri e atira-lhe a almofada em tom de brincadeira.

– Vamos comer e eu conto-te o que sonhei.

QUARTO 316

Marco e Brigitte

– Já viste a forma do meu país?
– Como assim, a forma do teu país?
– Já o viste no mapa? É um país em forma de caixão.
– Não sejas tão trágico, vocês adoram falar mal de Portugal mas sempre que podem voltam para cá. São como os maridos que passam o tempo a queixar-se da mulher mas quando se embebedam começam a chorar por ela.
– Achas que somos todos uns maridos bêbados?
– Acho que estão bêbados, sim, mas não é de álcool, é de outra coisa qualquer, talvez de fados ou de… como é aquela palavra do cheiro do mar?
– Maresia.
– Isso, bêbados de maresia, como as gaivotas.
– …
– Ainda assim, se um dia tivermos filhos não me importava de que crescessem aqui.
– São já duas cruzes, terem-nos a nós como pais e a Portugal como país.
– Não sejas tão português, este país há de mudar, todos os países vão mudando.
– Há de mudar, sim, mas sempre menos do que deveria, temos tanto medo do futuro que vos deixamos ir à frente.

– E no entanto pegam os touros à mão.

– Os touros podem furar as tripas, mas nós temos medo de que nos furem as ideias, preferimos levar uma cornada a pensar no que há de vir.

– Que exagero, vocês fizeram tanto pelo futuro.

– Sim, mas foi no passado.

– …

– …

– Mas pensas em voltar, não pensas?

– Mais tarde ou mais cedo, todos precisamos de um caixão.

QUARTO 317

Um quarto fechado

Ninguém sabe, nem os empregados, nem o *maître*, nem as senhoras da limpeza. Só o patrão tem a chave, e não a deixa no hotel. Experimentaram abri-la com o *passe-partout,* mas não deu de si, fechada como um cofre.

Há quem tenha espreitado pela fechadura. Que não se vê quase nada, que apenas um fiozinho de luz por uma fresta na cortina e nada mais. Alguém diz que viu um pé a cair da cama, mas são fantasias, enredos para tolos. Agora os barulhos, isso, sim, já quase todos ouviram.

Há dias em que é como um sopro, *vuuuuuu, vuuuuuu,* muito baixinho, como o vento de um país estrangeiro, noutros parece mais um murmúrio, uma sede de ar no peito, *hmmmmmmm, hmmmmmmm,* e dura horas, dias inteiros.

Também se ouvem vozes, mas é mais raro, por alturas do Natal, dizem, ou quando faz muito frio. "Rosaaaaaa, Rosaaaaa", se não é isso é outra coisa parecida, e uns gemidos de aflição "aiiiii, meu Deus, aiiiiii".

Contam-se histórias, mas quem é que sabe? Que a filha morreu ali com uma doença muito grave, outros que foi a mulher, outros ainda que foi uma senhora antiga, a bisavó ou a mãe dela. Um senhor romeno que aqui esteve o ano passado disse que conhecia um caso parecido na aldeia dele, mas que por lá é mais normal, na Roménia todas as casas têm fantasmas.

Alguns acham que é de propósito, que o patrão deixa a porta fechada para meter medo e pedir respeito. Pode bem ser, um aparelho de som a deitar as vozes, alguns barulhos gravados e está feita a brincadeira. Não é muito do seu caráter, um homem sério e de poucas bizarrias, mas nunca se sabe o que trabalha dentro de um homem.

A verdade é que também não faz falta, o hotel tem cinquenta e um quartos, alguns maiores, outros menores, sem aquele ficam cinquenta, dá e sobra para a maior parte do ano. E depois os hóspedes até acham graça, fazem perguntas, rondam por ali, encostam o ouvido e inventam teorias. Um quarto fechado é sempre uma história por contar, enquanto não o abrirem, cada um há de ter a sua.

Lucas, jardineiro

Há quem pense que estas árvores servem para embelezar o hotel, mas elas já cá estavam, é o hotel que tenta embelezar as árvores.

Estava no terceiro ano de engenharia civil quando decidi abandonar tudo e vir fazer aquilo de que realmente gosto, que é tratar das plantas. A engenharia é invenção dos homens, nobre e útil, mas assim como surgiu há de um dia desaparecer. Todas as árvores são obras perfeitas, próximas de Deus, ou de outro mistério qualquer. Se falassem diriam coisas espantosas, e talvez se rissem de nós.

Por vezes consigo imaginar o riso das árvores, mas não as imagino a rezar, não precisam.

Se não tratássemos delas cresciam à mesma, mais e melhor, até. Não pelos padrões dos homens, mas por outros que não podemos entender. É isso que por vezes me tortura, que o meu trabalho seja, afinal, um destrabalho, amputar o que quer crescer.

Se pareço místico ou parvo é só porque tenho tempo, como os pastores antigos que compunham poemas. Não creio que nasçam poetas nos gabinetes de engenharia.

Por este hotel passou todo o tipo de gente, ministros, diplomatas, reis, militares, fascistas e antifascistas, condenados e juízes.

Olharam pelas janelas e viram os carvalhos, os plátanos, as faias e os amieiros, talvez até os tenham inspirado, talvez.

As árvores têm a grande vantagem de não pensar e de não olhar, o que quer que saibam é antigo e infalível. Por isso nos sobrevivem.

Como se chamava o filósofo que disse que tudo o que nos resta é cultivarmos o nosso jardim? Deve ter sido o mais inteligente de todos, porque chegou com a cabeça ao que eu só descobri com as mãos.

Quem projetou o hotel terá ficado satisfeito com o resultado. Tê-lo-á fotografado, passado as mãos lentamente pelas paredes e apontado aos filhos: "Vês, foi o papá quem desenhou."

Não o devemos censurar, não somos nem mais nem menos homens do que ele.

Agradecimentos

Parte deste livro foi escrita durante uma residência na Ledig House (International Writers Residency em Nova York) em novembro de 2014. Agradeço à DGLAB (Direção Geral do Livro, dos Arquivos e das Bibliotecas) por todo o apoio prestado, a D. W. Gibson por me ter recebido e a Rita Soares pelos bolinhos de bacalhau.

1ª edição	*abril de 2016*
papel de miolo	*Polen Soft 80g/m²*
papel de capa	*Cartão Supremo 250g/m²*
tipografia	*Minion Pro*
gráfica	*Lis Gráfica*